在合适的地点，合适的时间里遇见。

没有别的选项了，只有这一个，这样的天，这样的地，这样的水，

这样的树，这样的人，于我而言，都是恰恰好。

恰好

丁立梅 著

金城出版社
GOLD WALL PRESS
·北京·

图书在版编目（CIP）数据

恰好 / 丁立梅著 . -- 北京 : 金城出版社有限公司 ,
2020.7（2020.10 重印）
ISBN 978-7-5155-2002-5

Ⅰ . ①恰…　Ⅱ . ①丁…　Ⅲ . ①散文集－中国－当代
Ⅳ . ① I267

中国版本图书馆 CIP 数据核字（2020）第 045617 号

恰好

作　　者　丁立梅
出 版 人　丁　鹏
责任编辑　杨　超
责任校对　欧阳云
文字编辑　彭洪清
责任印制　李仕杰
开　　本　700 毫米 ×960 毫米　1/16
印　　张　20
字　　数　180 千字
版　　次　2020 年 7 月第 1 版
印　　次　2020 年 10 月第 2 次印刷
印　　刷　天津旭丰源印刷有限公司
书　　号　ISBN 978-7-5155-2002-5
定　　价　45.00 元

出版发行　**金城出版社有限公司**　北京市朝阳区利泽东二路 3 号
邮政编码：100102
发 行 部　（010）84254364
编 辑 部　（010）64214534
总 编 室　（010）64228516
网　　址　http：//www.jccb.com.cn
电子邮箱　jinchengchuban@163.com
法律顾问　北京市安理律师事务所　（电话）18911105819

恰好

黄昏时，去沿河风光带散步，一边看着夕阳落，一边看着星星起。

河里有船只“突突”而过，惹得水浪“哐哐”作响。这个时候，我总忍不住要冲着那远行的船只喊：“船长，带我走——”打小的印象，去远方是要坐着船去的。

有人骑车过来，车上放着钓具，这人拨开树丛，走向水边。他是准备夜钓的。据说鱼在夜里会变得很蠢，糊里糊涂就上了钓钩。

河岸边柳树上的叶子，不少的已染上黄了，在绿里头黄着。一旁的林子里，枫树、栾树和银杏，还有榆树，都开始浓妆艳抹起来，秋的舞台早已搭好，它们就要登台做最后的告别演出了。风似乎有些惆怅，它慢慢吹啊吹，气息好长，吹落一片叶子，又吹落一片叶子。木芙蓉还在开花，好像这一切它都不放在心上，它只尽心尽力做着自己的事情。

秋蝉在哪棵树上，突然“吱——”的一声，吓我一跳。我站着听，它的叫声到底怯弱了许多，惶惶的。虽是惶惶着，然还在竭力歌唱。时光的流沙，在它的每一声里隐着——与其伤感，不如歌唱吧。

一老者持一管笛子，坐在海棠树下的石凳上吹。吹的是首《草原之夜》，吹得断断续续的，不算好听。可是又怎样，老者沉醉于他的吹奏。他头顶上海棠的叶子掉得快，都快掉光了。但一树一人一石凳，这样的画面，还是叫我心动了又心动。

我心里又漫涌出一个词来，爱。是啊，我爱。有没有比这更好的景致？有没有比这更好的人？我信，有。但我要的，是这个恰好。在合适的地点、合适的时间里遇见，没有别的选项了，只有这一个。这样的天，这样的地，这样的水，这样的树，这样的人，于我而言，都是恰恰好。

人世间为什么会有那么多纠缠、不甘和失落？只是因为，总在固执地寻找更好，而不知道自己拥有的，是恰恰好啊。

目录

NO.1

人间有味

这世上，本就是百味纷呈，能以适合自己的方式努力活着，该是人间万千滋味中最好的一种。

NO.2

十分好月

真想穿越过去，和那个小小少年一起，看月亮是怎样被云当作大饼，一口一口吞吃了的。

NO.3

所谓活着

所谓活着，是窗外的树，在四季里静静生长。是天上的云，恰如一艘艘小船划过。

NO.4

美的开光

每晚我都会对这个世界说，晚安，亲爱的世界，我把今天爱过了。

NO.5
踏莎行

这个时候，所有的情绪，都让位于春天，只一心一意跟眼前事物缠绵：天上有云朵在飘。地上有花草在摇。四野的风，吹着青绿。

NO.1 人间有味

这世上，本就是百味纷呈，能以适合自己的方式努力活着，该是人间万千滋味中最好的一种。

早春二月

一

梅花的清纯和可爱，是有目共睹的。

二月里，也没个谁跟它争天下，它便放心大胆地开啊、开啊，无拘无束，一派的野性率真，把些红颜色白颜色粉颜色，随意抛洒开去。寒意未消的天地间，便因它的到来，流淌着一股股清香的暖流，撩拨得春也坐不住了，打老远的乘风而来，踏波而来——“梅破知春近”。哎，真替小小的它骄傲，竟做了春的信使。

我的小城，近些年普植此花树，花开动一城。赏花的人也不用挤着拥着的，小区里就有啊，路边就有啊，哪里哪里都有啊。多了，也就不稀奇了，只当它是寻常的。常常它扛着一肩的宫粉朱砂浅绿素白，在那里踮着脚拼命招着手，也没个人到它跟前去，大家只管走着自己的路，做着自己的事。

我总忍不住跑去好心地宽慰它，丫头，你做了人心底明丽的底子了。

我坚定地以为，这个时候，路上行人的脸上不知不觉浮上的笑容，多半是因为梅花。

二

昨日见，柳芽芽还是一粒粒小水泡，像调皮的小鱼吐出来的。今日去看，那些小水泡已然被风捅破了，从里面伸出粉绿柔黄的触角来，真像一个个活泼的小虫子。

我伸手碰碰这些“小东西”，喂，你们好呀。我的手上，沾着活泼的春的气息了。

周遭的景致，因了这些“小东西”温柔了起来荡漾了起来。我仿佛听到它们“嗦嗦”蠕动的声音，如同水波的晃动。

走远了，我再掉头去看，那拂拂的柳枝，真个像发丝鬖鬖。那些“发丝”轻轻地晃啊晃啊，晃出一抹抹淡绿的烟雾，缥缥缈缈。

这个时候，应该是柳最生动的时候，影影绰绰，吐气如兰。

三

紫玉兰的花苞苞很神奇，像一支支蘸满颜料的狼毫。一树擎着这样的“狼毫”，就很叫人兴奋了，仿佛它要以天地为纸，大大地泼墨一番。你很好奇，它会画什么呢？画流云？画太阳？画月亮？画星星？画地上的草绿花开，还是蜂飞蝶舞？

我给它提议，好孩子，你还是画下你自己吧，没有谁比你更动人了。

真的很动人。

我走到一棵较矮的树旁，毫不费力地捉到上面的花朵。花朵尚未完全开放，茸茸的一层绒毛，附着在花萼上，摸上去极柔顺。几瓣粉紫探出花萼来，小心着，羞涩着。哎，它真乖巧得像只刚诞生的小萌宠，竖着它的小耳朵，探着它的半张粉脸，仔细倾听着这个世界的声音。

我快乐地叹息一声，春天啊，你看，你生出一个多好看的孩子啊！

四

我总免不了要跟结香唠叨唠叨。

这些天只要出门，对它根本无法做到视而不见。

香，香得无法无天！香得没魂没胆！香得没日没夜！跟人又是自来熟，打老远就用香来迎你，如亲朋如老友，端着一腔乍然相遇的盛情，谁能招架得住？

我便乖乖地跑到它的跟前去，绕着它打转，听它一番热乎乎的表白，也对它一通表白。

它不过一丛灌木，原在山野里长着，出生一点儿也不尊贵。可它不自卑，不沉沦，模样儿不出挑，就不出挑吧。寒冬里掉光叶子，就掉光吧。瘦骨嶙峋也没个人怜，它也无所谓的。它暗自蓄着一股劲，拼命酿着香，把一颗心也碾碎了，和在里面。当别的花还在沉睡中做着大梦，它早已在光秃秃的枝枝条条上，挂满它亲手缝制的香囊。只待清风一软，它就闪亮登场，扛着满满当当皇冠似的花朵，向四面八方发放着浓香，给春天开道。

传说结香开花时，若有人在结香树上打结许愿，都能梦想成真。它柔软的枝条，与热烈的花朵，仿佛生命的两极，既有柔情万丈，又有侠肝义胆，实在很投我的缘。

五

见到在草地上扎堆儿的婆婆纳，真把我高兴坏了。

像遇到久不联系的故知，偏偏她还穿着我熟悉的衣裙，扎着我熟悉的发辫，保持着我熟悉的仪态。

我定定看着她，笑意盈满眼睛，哦，你没变，你还是老样子，真好。

是的，它没变，仍然穿着去年的一身蓝衣裳。仍然如去年一样活泼，一样纯真，一样爱笑。它一笑，就现出一个深深的甜蜜的小梨涡，可盛雨水露珠，可装日月星辰。

它的笑，点亮了一片草地的枯败。

很快的，四野里“咯咯咯”的，回响着它的笑声。风被它笑软了。虫子们拱出土来了。贪睡着的别的草，被它笑醒了。它在草地上奔跑，蓝色的光影，斑斑点点，像星星落在人间。

六

我该怎么说这些鸟儿好呢？凌晨四五点，它们就喧喧闹闹起来，全然不顾及我这个邻居的感受。

都说春江水暖鸭先知，可知春风软和起来是谁先知的？是这些小麻雀哩。是这些喜鹊哩。是这些白头翁哩。它们天天蹲在我楼下的栾树和广玉兰树上嚼着风，嚼着嚼着，就把风嚼软了。风一软，南下避冬的另一些鸟儿就飞回来了。

这是重归故里久别重逢哩，那还得了？它们恨不得夜夜笙歌日日美酒来相庆。我夜里睡得晚，一大清早却不得不被它们吵醒，睁着眼听它们觥筹交错互诉衷肠。

也没有好埋怨的，谁让我选了它们做邻居呢！然我又很感激它们，在我看书在我做事的白天，总有几只来陪着我，在我的窗外殷勤地为我伴奏着，有时独奏，有时合奏，有时还即兴来段对唱。

它们随便吐出一串音符，都堪称绝唱。

与鸟为邻，其乐无穷。这才是我最想说的真心话。

七

我问我妈在家做什么。

我妈说，在伐胡桑条子啊。

是了，“蚕月条桑，取彼斧斨，以伐远扬，猗彼女桑”。蚕月是农历三月，是养蚕的月份。而在这之前的二月，蚕农就开始为蚕忙开了，他们要收拾养蚕的工具，拾掇桑田，对桑树进行一番修整，伐去老枝，好让它们爆出新枝，这样产出的桑叶才会又肥又嫩。这是自古以来的农事顺序。

我妈是 78 岁的老农民了，一辈子跟着四时节气走的人，虽不识字，却凭着扎实的第一手实践经验，遵循着古老的农事歌谣，在她的几亩地上，游刃有余着。

有时，看我妈在地里的行事作风，我好像看到一部古老的《诗经》在行走。

惊蛰是一个庞大的事件

雨水过后没多久，也就到惊蛰了。

“惊蛰”不是简单的一个词，它是一个庞大的事件，是轰轰烈烈的一场战争，是“天开地辟转鸿钧”的。

据史料记载，惊蛰原本不叫“惊蛰”，而叫“启蛰”。启蛰自然也是贴切的，是开启一个新局面，但怎么看总觉得力道不够，显得文气有余。到汉景帝时，因避讳他名字中的“启”字，“启蛰”中的“启”，被改为了“惊”。这歪打正着的英明，让“惊蛰”这个词从此诞生，并生龙活虎了下来，成了二十四节气里最具魄力的一个。虽唐时曾换回“启蛰”一说，但终因惊蛰太深入人心，并没有坚持多久，惊蛰被重新启用，一直沿用到今天。

元代学者吴澄在《月令七十二候集解》中，是这么解释惊蛰的：

二月节……万物出乎震，震为雷，故曰惊蛰，是蛰虫惊而出走矣。

看看，很出人意料吧？惊蛰这场“战争”，竟是由最不起眼的虫子们挑了大梁，做了急先锋。它们一夕间得到指令，从冬眠的梦境中一跃而起，擂鼓助威，摇旗呐喊，为着一个叫春天的神祇而战。

那么，谁是这场“战争”的总指挥呢？惊蛰一定有个总指挥的。

我想，这个总指挥一定身经百战千战，所向披靡，英勇无比。否则，这么大一场“战争”，它如何指挥得了？

它是风？是雨？还是云？它气场强大，手中令旗那么遥摇一指，战鼓一擂，一声令下，虫子们一马当先，以千军万马之势，横扫山川河流荒原阡陌。别的生物们紧跟而上，各自奉献出自己的一身好本事，有的用颜色，有的用声音，有的用舞姿妍容，八仙过海，各显神通。一支支大军很快汇聚到一起，浩浩荡荡而来，它们攻城略地，势如破竹，战无不胜。你眼见着天下被虫子们占领了，被黄鹂们占领了，被小草们占领了，被桃花梨花们占领了……盛大的春天被簇拥而至，披红挂绿，五彩缤纷，明媚绰约。

人呢，自然也跟着春天起来，脱去臃肿的冬装，赏春去呵——出门俱是看花人的。而乡下，更是一派好容貌，麦苗青菜花黄的，人在其中，如入仙境。这个时候，什么都是崭新的，什么都是新嫩的，什么都是勃勃生机的，可以考虑重新规划一下人生了。

我在我盛开的仙客来上，捉到一只小虫子。窗外的好阳光，泼泼洒洒倾倒在花的身上、虫子的身上。我笑了，轻轻弹了弹这只小虫子，小东西，你也是惊蛰这场“战争”中的一员得力干将么？虫子不答，它急急奔着我的窗台去了。我没有为难它，开了窗子放它出去，把它还给了春天。

晨曲

我喜欢清晨六点的天空。如果天气晴朗，这个时候，东边天会慢慢渗出一丝一丝血红来。像孵着一窝的小鸡，眼见着那些小鸡鲜艳的小脑袋，在里面一拱一拱的，就要拱破蛋壳了。

我翻开书，一边读一边等。我在等一声呼唤——老酵馒头，老酵馒头！声音短促。像谁的手，不经意碰触到小提琴的琴弦，“嘭嘭”两下。

从声音判断，这是个中年男人。该有着清瘦的一张脸，眼睛不大，够亮，笑容清淡，皮肤黝黑。我应该在哪里见过他。是了，在十字街头的拐角处，常有一辆卖馒头的小拖车停在那里，在四五点的黄昏。就是这样一个男人，守在车旁，伴着这样短促的叫卖声。

这个时间段，这个声音总会如期响起，寒暑不论，风雨无阻。它在我，如晨曲，每日必听。它带着暄软的热腾腾的气息，带着麦子的清香、肠胃的渴盼、生活的愿景……总之，我在这首“晨曲”中，很有些百转千回了。

它响起后，我所在的小城，才真正开始它新的一天。

人间有味

一

卖水果的男人，歪戴着一顶藏青色帽子，吹着口哨，拖着一拖车的水果，摆到超市门口卖。拖车上只有一种水果，柑橘。价格不菲。

问他，你卖的柑橘怎么比人家的贵？

他看一眼他的柑橘，答，我的柑橘好啊，当然得贵一点，超市里卖的就没我的好。不信，你买来比较。

问他，降点价好不？

他斩钉截铁回，不。

因为色彩单一，那一拖车的柑橘看起来，很惹看，纯粹、饱满，活泼泼的，似乎真的跟别处的不一样了。

路过的人也都停在他的拖车前看一看，摸一摸柑橘，问一问价格。他坚持不肯降一点点价，问津的人也就少了。

男人也不着急。

他歪戴着他的帽子，吹着他的口哨。也抓一只柑橘，自个儿剥开吃。皮薄，肉多，瓣瓣似鼓鼓的蓓蕾。他丢一瓣嘴里，慢慢嚼，眼睛看着东来西往的人，好像要把他嘴里的那瓣甘甜，都与那些过路人分享了。过一会儿，他再丢一瓣到嘴里，慢慢嚼，眼睛仍看着东来西往的人，兴趣盎然的。一拨人过去了，又一拨人来了。

终有人停在他的柑橘前，问，甜吗？

他的声音雀跃，当然，甜得要命。

然后，他放下手里吃到一半的柑橘，吹起口哨，忙着给人称秤。

我站在不远处，看了他那么久，只觉得有趣得很。人间有味，这算是一种。

二

我妈种的小麦收了，晒了满满一场。

五六千斤呢，能卖五六千块钱的。我妈说这话时，脸上的笑纹，越聚越多，越聚越深，似些小水波在荡。

我的眼前，亮灿灿的太阳，照着满场黄灿灿的小麦。场边，还有一蓬红红的大丽花在开。这样的景象，有着我无比熟悉的家的味道，看得我眼眶发热。

我很难想象，一个快八十岁的老太太，居然还能种出这么多的粮食。

我妈不满地冲我"呔"了一声，说，我还小呢，二队的鳑子妈妈，都八十九了，一个人还养着十几头大肥猪呢。

我立即打消了要我妈放弃种田的念头。

她一辈子厮守在这里。这里是她的根，她的乳，她的血，她的奔头。她一步不落地走着，有着她固有的步骤，小麦收了，该种水稻。

水稻熟了，该种油菜。油菜熟了，蚕桑正当时。她熟悉吹过这里的每一缕风，熟悉这里每一寸土地的脾气，她闭起眼睛也能分辨出不同庄稼的气息。她早已活成了村庄的样子。

她说，做惯了呢，一天不干活，浑身就疼。

她说，我要去地里拾小麦呢，机器割的，掉下来不少。

我点头，微笑地看着她瘦小的身影，一心一意地走向她的田野。那身影上，罩着一圈的阳光。风淡淡地吹着，鸟雀成群地飞过她的头顶去。

我不打算改变她的生活方式了，就让她陪着田野一起老去吧。

这世上，本就是百味纷呈，能以适合自己的方式努力活着，该是人间万千滋味中最好的一种。

一枚独自高兴的叶子

竹林。晌午。阳光透过竹隙洒下，斑斑点点，热得扎人。竹林寂然不动。阳光寂然不动。竹下的青草寂然不动。无一丝风。

在这片寂然的世界里，却独有一株植物，自个儿晃动不已，像谁在搔它的痒痒。确切地说，是一枚叶子在晃动。一枚新冒出来的叶子，长在一根新冒出来的青竹的上面。

竹高不过七八寸，头上顶着的这枚叶子，却阔大，青绿，性格活泼。

我和那人前后左右看，没发现异常。又伸手去探，没有风。别的植物依然静止得跟挂在墙上的画似的，只它还在晃动，完全停不下来的节奏，简直是手舞足蹈欢歌声声了。

我以为有虫子在撩拨它。俯身仔细查找，没有。

我忽然明白，它只是自己高兴。

一枚叶子为什么不能有自己可乐的事呢？

它或许是做了一个美美的梦。或许是想起了一桩有趣的事。或许是因蝴蝶吻了它的脸。或许什么也不因为，只是想高兴了，就高兴起来。

就像我们人，有时，会莫名其妙地想唱歌，想跳舞，想疯狂那么一回任性那么一回。

那么，任性去吧，不要顾及旁人的目光，你自己快乐就好了。

檐下听雨

阳台上的海棠花，又垂挂下一枝来，花朵累累的，如果实。

吊竹梅的身上没有时光更迭的影子，它一直风采翩翩的，像个不老的美人。

天有些阴，没有云朵映在窗上。鸟雀的啁啾里，却含着甜香。那是桂花和果实的香。要不了多久，桂花将泛滥。

我打开王先宏先生的古琴作品《檐下雨意》，屋子里立时布满流水之声，泠泠淙淙。我在乐曲里低头做事，一恍惚，好似有人在我的窗下抚琴，只听音符在琴弦上滴滴答答。一滴枫叶红。一滴银杏黄。一滴菊花肥。一滴瓜果熟。一滴相思深。

未必要到江南去，就在那江北寻常人家，院落有篱笆，屋上有青瓦。青瓦之上，缠绕着渐枯的丝瓜藤。雨落，轻轻敲过那青瓦，抚过那丝瓜藤，然后顺着瓦檐滑落，“滴答”“滴答”。屋角的一树枫叶，被雨水清洗得更加鲜艳夺目，如披了身红嫁衣。

天地如此浩渺，光阴缓慢得一如从前，宁静，从容。家人围坐檐下听雨，小小稚子，也有了难得的安静。忽有声音响起，草香味道弥漫：“茶可泡好了？”

“好了好了。”这边朗声笑答。茶是雨水烧的茶。有客来访，没有别的好招待的，就用雨水招待吧，一起喝茶听雨。

歌唱

穿花衣裳的老太太，在公园的湖畔放声高歌。

她预先做足了准备的，音箱话筒齐全。她手握话筒，跟着音箱里播放的音乐节奏，很投入地唱着。独自一人。

公园里有人在跳舞。有人在健身。有人在散步。有人在遛孩子。有人在发呆。大家各有各的事情做，没有一个人去做她的听众。

也没有人干涉她。

这就好了，她唱她的，她自己做自己的听众。

她一首接一首地唱，比会唱歌的鸟儿唱得还要多。

从《洪湖水浪打浪》，到《南泥湾》，到《我的祖国》。我在那些歌里，望见她的青春。

我沿着一条大道，走一圈回头，她还在唱。歌声在初冬的微风里荡着，算不得有多美妙，甚至有些跑调了。可是，那又如何？那里面照样有愉悦的花朵，在噼噼啪啪怒放。

我突然羡慕得很了，又很感动。我们不能决定这个世界是否快乐，但我们可以决定我们自己的。

听云

我小时，家里人一度对我忧心忡忡，以为这个孩子的脑袋不太灵光，会不会傻掉。因为，我总爱一个人发呆。我姐说，你一个人坐在田埂上，能一坐就是一个下午，什么事也不干，净坐在那里发呆了。

我也很少哭闹，很少和别的孩子一起疯玩。家里人带我出门，把我放在一个地方，我就安静地待在那个地方，直到他们办完事过来，把我领走。

一个小孩太安静了，是件可怕的事情。

我妈为此，还专门跑去找一个算命瞎子给我掐命。据说那个瞎子掐的命非常准。算命瞎子给我掐出什么样的命来，我妈没说。我也从来没问过。小时我不懂这些，对自己的命运毫不关心。长大了我又不信这些，命好如何，命坏又如何？顺其自然就是了。

然我的印象里，我小时的日子里，尽是些声音和色彩，丰富得不得了，全然不是家里人形容给我听的那种孤单和孤寂。

我记得四野里虫子的声音，鸟叫的声音，庄稼拔节的声音，草籽摇落的声音。有时，这些声音混合在一起。有时，是单个儿的。而背景色，永远是红红黄黄绿绿青青的。

天空呢，则是承载我目光最多的地方，也是我想象随意驰骋的地方。我看到天上也有村庄和田野，白云朵像些调皮的孩子，它们在跑在笑，它们随意去敲人家的门。我常会很耐心地等着它们跑到地上来。它们变成一棵玉米了。变成一只甜瓜了。也可能变成虫子，变成鸟，变成我家小羊身上的毛。我在啃着一根玉米棒时，我在吃着一只甜瓜时，会很高兴，我吃出云朵的味道。再瞧我家的羊，我怀疑它们身上，披着云朵的衣裳。

几十年后，当我听到古琴演奏家杨青演奏的《听云》时，我真是喜欢，是终于找到知己的感觉。原来，有人也和我做过同样的梦，发过同样的呆，听过同样的云。

随着几粒鸟语声落下，古琴声缓缓而出，似水流潺潺湲湲，泠泠淙淙，上面流淌着一个天空。万千朵白云，似山花漫山遍野开。又似群鸥振翅飞翔。它们心里有个桃花源吧，它们驾着风的马车，撑着风的小舟，一路前行。

我听到它们走过平原上空的声音。走过河流上空的声音。走过一些斑斓的草木上空的声音。它们手捻一串串白，说着天空的语言，关于太阳的，关于月亮的，关于星星的，关于雨雪的。

风摇落它们的笑声，它们的笑声多么洁白。它们赞美大地、花朵和河流。它们赞美落叶、果实和村庄。它们赞美爱人、思念和活着。

它们跳到水里，和鱼谈起了恋爱。我站在一座桥上，望水里面的云，我听到它们的情话，唼唼的，在水面上荡起了清波。

世界很大，心事很小，小到只想靠近你，慢慢地靠近，不要远离。只想就这么静静地，静静的，听时光，和着血液，缓缓地流经我们的好年华。

鲜亮

夏天的雨后出门，天地都是鲜亮的，仿佛脱胎换骨了一般。

风吹过来，带着雨的清甜之气。在这样的风中不管走多久，也是件快乐事。

一枝粉紫的紫薇沾着雨水，慢悠悠地开着。

木槿的花朵里，有两只小虫子在玩过家家——我想，它们定是两小无猜时。

凌霄的花，趴在桥头，一脸痴迷地吹着凉风。一只小蜂过去，踩翻了一粒雨珠。

一只蜘蛛，把窝搭在两棵月季之间。那两棵月季，隔了足有两张方桌之远。蜘蛛真是好本事。

有白鹭飞过林子上空。那片林子里，有栾树，有刺槐，有海棠，有银杏，有紫荆。它们身上，藏着颜色和味道的宝藏。这是城里，居然有林子，有白鹭，怎么想，都觉得能居住在这个叫东台的小城，是件无比幸运的事。

绿树上的绿，更青翠了。我想到“青翠欲滴”这个词。这真是个好词，用来形容夏天的树，再妥帖不过了。虫子们啃食这样的叶子，是很值得原谅的。这么美味的叶子，连人都难抵诱惑，何况虫子们！

我跳起来，摘一片樟树的叶子，握在掌里慢慢揉，我便又闻到那好闻的味道，类似于薄荷。心里一片清凉。

蝉叫声也是鲜亮的。它们一迭声涌来，如细浪逐着细浪。站着听，能听上大半天。有蝉擂鼓助威的夏天，是叫人爱的。

通榆河上，捕鱼人的小船，天天黄昏时都在。一人，一舟，披着夕照的霞光，在河面上荡出了古意。我走到这里时，总要停下来观望一阵。

今天巧了，刚好碰到捕鱼人上岸。这才看清楚了他，四十多岁的男人，脸上镶着一双带笑的眼睛。他提在手上的塑料桶里，蹦跳着几条大花鱼。

一圈人把他围住，大家看鱼，一边跟他说说笑笑，似乎跟他都很熟。

今天你运气好呀，捕到好几条大鱼呀。

这鱼，少说也有七八斤一条吧。你今天丰收啦。

卖我一条呗。

我也要一条。

他嘿嘿笑，算是作答。

我站在他们的圈子外，看着，满心欢喜。我很热爱这样的场景，带着俗世的鲜亮。是的，我每天黄昏时的步行，就是为了遇见它们。

冬日漫步

大雪节气后，人们能不出门也就不出门了。“冷啊”，这是最好的借口。可心却不肯久久窝着，尤其像我这样的人，一天不到大自然里去走走，一天就浑身不舒坦，仿佛被冲到浅水滩的鱼。“去呀，去呀，到那林子里去呀，到那草地上去呀，到那河边去呀”，心里有一万个声音这么叫着，越叫越响亮，吵得我再也坐不住了。于是也顾不得外面天正阴着，换衣换鞋，戴帽子系围巾，一跃出门。好了，鱼终于回到了水里面。

空气自然是凛冽的。可那凛冽里，有着草木的气息泥土的气息水的气息。我贪婪地猛吸几口，肺腑立即舒服得不得了。

树木都赤诚来见。合欢、银杏、栾树、紫薇、梧桐……无一不是。它们脱去一身锦衣华服，连最简单的头饰也卸去了，彻底地删繁就简。有人嫌它们萧条，我却体味到它们的疏朗开阔，它们活出高境界来了。几只小鸟在枝头跳跃，天光便跟着轻轻抖动起来，水波潋滟。这个时候，它们看上去真是坦荡，生命的脉络历历分明。

草地上的草都是枯黄的，可在那枯黄之中，还是有些小顽强，莽撞地顶着一头绿，冒了出来。我认出它们是地阴草、蒲公英和婆婆纳。这是我老家田野里常见的野草。那时的冬天好漫长，家里的羊吃干草都吃得神情寡淡了，我们就去地里寻些鲜嫩的野草回来，改善改善它们的伙食。这些新冒出的草，趴在枯败的草窝里，或是藏在未收上来的棉花、玉米秸秆下，哪逃得过我们小孩的眼睛啊，我们一逮一个准。那时，我们的眼睛多么明澈，整天被大自然润泽着，一点也不近视。

有香来袭。我稍一辨别，就知那不是蜡梅的。蜡梅的香如同撒娇难缠的小女儿，甜得腻腻的。而这一种香却极其猛烈，性子是野的，泼辣的。它借着风势，猛地扑了过来，带着熟透的果实的味道。惊喜之下，我很快找到源头，是在一排冬青树后的几棵枇杷树，它们浑身缀着厚而密的绿叶子，仿佛狗熊身上裹着件厚厚的毛皮衣。在那厚而密的绿叶子中间，藏着一团一团乳白淡黄的小花。看过去，特像躲在温暖的山洞里玩耍的小兽。花蕊也特别，好似些小豆芽环抱在一起。我凑近了看，它们恶作剧地泼我一脸香。

我想到王建赠薛涛的一首诗："万里桥边女校书，枇杷花里闭门居。扫眉才子知多少，管领春风总不如。"王建对大才女薛涛的赏识，有景仰的成分在里面。这个深居简出的女子，如枇杷花一样的，在清冷的寒冬里放着香，令一帮春风拂面的才子黯然失色。我瞎想，倘若薛涛的住处真的开满了枇杷花，她在屋子里还怎么能坐得住？那一院子的浓香会时时跑去敲她的门的。

很意外的，在掉光叶的海棠枝上，我看到几朵可爱的小花蕾，非常动看，如几粒美人痣。这是走得慢的几朵小淘气吧？它们一路走，一路玩耍，花期一场又一场过去了，它们也不急，就这么慢吞吞地走着，从春天走到冬，猛回头，这才发现，呀，路上再不见其他小伙伴了，好吧，那就完成开花的事吧。它们并不知道，它们开成了冬天里的奇迹。

花各有期呢。这就好比孩子的成长，有的孩子走得快一些，有的孩子走得慢一些，做大人的，一定要耐心一些，等等那些走得慢的孩子。要相信，终有一天，他们会绽放的。

我还赏到了几树枫叶，火红的，虽经霜打，叶子都卷了起来，可那红，却越发的艳了，霜叶红于二月花——真的是这样哩。同样的道理，经摔打的人生，有时会活得更为光鲜，艰难困苦，玉汝于成。

一个中年男人站在通榆河畔吹笙，吹得十分投入。河畔的一排柳，垂下的枝条金黄金黄的，被他悠扬的笙歌，撩拨得舞个不停。我远远站着，笑听了一会儿。然后我走我的，他吹他的，我们各不相扰。

海螺和绿萝

捡到一只海螺。确切地说，是一只海螺壳。

这是我在外地赴宴时，从餐桌上捡来的。我本不喜饭宴，不喜觥筹交错喧闹喧哗，那严重干扰了我的味蕾。又不得不说些场面上的话，费时费力，昏头昏脑。然因捡到这只海螺，所有的难以忍受，都成了值得。

菜有一道水煮海螺，大家吃完，那些海螺壳就被勤快的服务员收走了。服务员端着它们要倒进垃圾桶去，我叫住她，在里面挑挑拣拣，就把它给挑了出来。一通洗洗擦擦，它立即变得光彩照人，螺纹优美，色泽艳而不俗，简直就是精湛的工艺品，独一无二。

我当宝贝一样几百里路带回，在里面注上清水，掐一枝绿萝插进去，摆在我的书桌上。我怎么看，它和绿萝怎么般配。这只海螺一定从没想过，往后余生，它会与一枝绿萝相伴度过。

世上之缘，就是这么偶然，有多少的情分，只在一念之间，谁说得清呢？遇见了，就是最好的。

我的时光里，从此多了一个它，也便多了一份趣味。每每读书或是写作累了，我就看看它。想它和绿萝，一定说了不少话。它说海里的故事，关于海风的，关于海鸟的，关于鱼的，关于珊瑚的。绿萝则说岸上的故事，关于阳光的，关于雨露的，关于市井的，关于花开花落的。

它们偶尔，也会谈论我的吧，在我不在的时候。一定的。

捡到一个夕阳

我从盐城飞大连，从大连转机飞哈尔滨。

在天上，我遇到一个大大的夕阳。

怎么形容好呢？舷窗外，全是一片红的海洋，它浸泡其中，像一只熟透了的大柿子，蜜甜的果肉，滴滴流淌，勾人味蕾。

光芒万丈近在咫尺啊，似乎只要我伸手一捞，就能捞到满手的红灿灿。我还真的去捞了，只是隔着舷窗。我的手指上映着光芒。

飞机上其他乘客有的在闭目养神，有的在看电视剧，有的在玩游戏。我着急，眼看着这样的夕阳就要溜走了，他们要错过了。

我故意整出动静来，轻呼道，看，好美啊。

终于惊动了一些人，他们扭头望窗外，嘴里发出轻微的一声“啊”，脸上是惊呆了的表情。

更多的人看向窗外。

那只熟透了的“大柿子”，在我们的注视中，沉入到红红的“海洋”里。我想，海里的鱼一定幸福透了，它们分食了它。

这奇遇的美景，留给我的，将是长长久久愉悦的震颤。

一想到偶然乘架飞机，也能捡到这样的一个夕阳，我就觉得自己真是占尽便宜。

一枝月季

一枝月季，真的只有一枝。我用剪刀剪下来，随便往土里一插，它居然成活，居然长出一大棵。

花池朝阴，阳光不大眷顾得到，真是委屈了这枝月季了。可人家愣是没感到半点儿委屈，或者说，它根本就没闲工夫委屈。它忙得很呢，它要开疆拓土，要增丁添口，要兴旺一个家族。

没有阳光普照，打什么紧？天光是任意取的呐。风取几缕，那里面有阳光的味道。云取几朵，那里面种植着阳光。鸟叫声取几滴，那里面拌着阳光。星辰最是慷慨大方，也会赠送它一些光亮，那里面也有阳光的影子呢。

下雨了。别以为雨会让它惆怅，会让它愁绪满怀，会让它联想到灰暗和没有前途之类的。才不呢，人家拿这当琼浆，开怀畅饮着。在它那儿，雨是阳光酿的酒呢。露水呢，则是阳光酿的蜜。

它就这样勤勉地、快乐地长啊长，抽枝，长叶，打花苞苞。

我也不过才转了一个身，上了一趟楼，在书桌前刚刚坐定。那人上楼来，欢喜地告诉我，楼下花池里的月季开了一朵花了。

咦，我明明才看见它还含苞着的嘛。我惊诧了一下——它就这样不宣不告地盛开了！

是的呢，它开放是它的事，关他人什么事呢。

午后，我下楼去看，它又开了一朵花。红艳艳的，香喷喷的，气血充足，非常的健康结实。我给它们取名字，称先开的那朵为老大，后开的那朵为老二。

紧接着，又有了老三、老四、老五、老六……它终于儿女成群，蓬勃兴旺，一代的月季就这样诞生了。

看着它，我像看到一个勤勉奋进的人，一步一步从无到有，壮大起来，发达起来，打下属于他的江山。

好花相伴

每到外地，入住宾馆，我都会想办法弄出一瓶子花来。

尽管大多数时候，在那儿我仅仅逗留一个晚上，我也要让它有家居的温馨。

有时刚好有鲜花，别人送我的。有时没有。没有的时候，我就在宾馆附近搜寻，一边散步，一边邂逅。这在我有着无穷的乐趣。是谁说的，美是邂逅所得？这话真是千真万确。陌生的地方之于我，是藏着无数的美的。

我也总能在道旁，在路边的草地里，在人家的栅栏边，找到一些野花的。有一次我采得一大把的蒲儿根。还有一次，我遇到一大片的一年蓬。还有一次，我遇到很多的牵牛花，蓝的，白的，紫的，像一只只精致的小碗，盛满了日月星辰的甘醇，等着我去饮。我如同得到神赐的礼物，实在高兴得很。

宾馆里都有免费的矿泉水提供。水我喝了，瓶子我用水果刀稍作整理，切去多余的部分，一只花瓶就成了。装上一捧清水，把花妥妥地安置在里面，房间立马变得生动可亲起来。我在这样的花旁读书、写字，时光很宁静很安详。

我走，私下里希望着，打扫房间的服务员不要动它。等下一个客人住进来的时候，有一瓶子的花在迎着他，多好！

家家都有明月清风，人人都有好花相伴。只是，能懂得享用它们的人太少太少了。

斗草

我一直想说说关于“斗草”的事。这个曾流传了无数个世纪的可爱的游戏，消失掉了，实在有些可惜。

在人类的最初，草的地位是相当神圣的。人们对草敬畏着，崇拜着，他们以草占卜，以草祭祀，以草慰藉人生。甚至以草为媒，谈情说爱。“自牧归荑，洵美且异。匪女之为美，美人之贻”，《诗经》里的这场恋爱，是一把漂亮的茅草来成就的。

斗草的游戏，大概就是从那个时候起，在民间产生，并渐渐流行起来了吧。到魏晋南北朝时，人们每逢端午节，都要成群结队去野外采摘艾草，插门上辟邪。又用其泡水洗头洗澡，以解溽暑毒疫，也便有了“踏百草”的习俗。这天，人们跑进大自然中，一边遍踏百草，一边游戏。起初也不过两三个人逗着玩，比赛着谁能脱口叫出那些草的名字，叫得多的，自然赢了。后来加入的人多起来，比赛的规则也多起来，有了“文斗”和“武斗”两种形式。女人们喜欢“文斗”，比如互对花草名，一个说出狗尾草，另一个必答鸡冠花。也有以叫出草的品种多寡一决胜负的；男人和儿童则喜欢“武斗”，他们寻得茎叶坚韧的草，各执一茎，两两相勾互拽，断者为输。

到唐朝后，“斗草”的游戏越发盛行，成为女人和孩童常常玩耍的游戏了，并且流传到宫廷里，似一缕活泼的清风吹进去。《刘宾客嘉话录》中有记载："唐中宗朝，安乐公主五日斗百草。"这个女孩子虽贵为皇家公主，日子过得其实挺郁闷的，还是民间的草们，把宫墙外的鲜活和生机输送给了她，使她获得短暂的欢愉。

唐五代时，宫女们于深宫之中斗草取乐，成为春深时节一大盛事。据说南汉主刘钺，为了便于宫女们斗草，特地在皇宫后苑遍植奇花异草。每当春风送暖，草绿花开，他就命人大开后苑大门，许宫女们进去随意采摘。然后集中到大殿之中进行比赛，看谁采摘的品种多且好，并以能叫出花草的名字决输赢，胜者有奖，输者被罚。彼时，众人只关心花草，不关心别的。妙龄宫女的身影在花草间出没，怀里满满捧着的，都是香草香花。那场景，路过的风见了，怕也要为之大醉一场的。

那时文人的笔下，时不时再现这斗草之乐。"闲来斗百草，度日不成妆"，瞧，这小妮子斗百草斗得兴起，简直要废寝忘食了，连妆也没时间化了的，实在有趣；"弃尘或斗草，尽日乐嬉嬉"，最是无忧孩童时啊，趴田埂上丢丢泥块斗斗百草，欢天喜地的，浑身玩得像只泥狗儿似的，一天的好时光也就过去了；"晓陌携笼去，桑林路隔淮。

何如斗百草，赌取凤凰钗。”女孩子们斗百草斗出心思来了，桑叶也不要摘了，只因那获胜的奖品太诱人，哎呀呀，是支凤凰钗呀。真是忐忑呢，最后谁赢了呢？不得知。

斗草的游戏发展到宋代，更是鼎沸。人们除了端午节玩玩外，在春社及清明也有斗草活动。诗人范成大曾描绘过这一热闹景象：“社下烧钱鼓似雷，日斜扶得醉翁回。青枝满地花狼藉，知是儿孙斗草来。”那满地的青枝落花，凌乱狼藉，可以想见，孩子们刚刚结束的一场斗草游戏，多么激烈。晏殊的《破阵子》中，玩斗草的，则是一群可爱的农家姑娘：“巧笑东邻女伴，采桑径里逢迎。疑怪昨宵春梦好，元是今朝斗草赢，笑从双脸生。”姑娘们在饲养春蚕采摘桑叶的忙碌间隙，还要在地头上玩上一回斗草。其中有个姑娘斗草赢了，她好开心，双颊上一直挂着迷人的笑容，让遇见的人误以为她昨夜做了个好梦。

《红楼梦》里有个斗草的名场景，是香菱和几个丫头一起玩的。那天适逢宝玉等人生日，贾府里的众长辈都因事集体缺席，大观园里只剩下一帮少男少女，简直闹翻了天。没人管束着，这帮孩子的天性全释放出来了，就有了史湘云的醉卧芍药花，就有了香菱的斗草。对苦命的香菱来说，这一次的斗草之乐，是她短暂的人生里最为闪耀的一瞬。她和几个丫头采来花草用衣襟兜着，一屁股坐在花草堆中玩开了，虽卑贱到尘埃，可那一颗颗玲珑剔透的女儿心，在花草上闪亮地跳跃着——观音柳对罗汉松，君子竹对美人蕉，星星翠对月月红，牡丹花对枇杷果。然后说到姐妹花了，众人没法对，是香菱接上的，香菱对的是夫妻蕙。由此引发大家一通嘲笑，说她想汉子了。香菱和丫头们追打嬉闹，一个不留神，滚到草地上的一洼子水里，污了和宝钗一起新做的一条裙子。香菱心下懊恼，正愁得没法时，被寻了些花草赶来凑热闹的宝玉撞见了。其时宝玉手里拈着一枝并蒂菱，他是来对香菱的夫妻蕙的。见香菱污了裙子，对女孩子一百个好心肠的宝玉，自然不会袖手旁观，他欢欢喜喜出手帮香菱渡过了难关。等香菱收拾停当，宝玉做了一个更温柔的举动，用树枝在地上抠了一个坑，铺上落花，将香菱的夫妻蕙和他的并蒂菱合埋了。香菱嘱他，裙子的事可别向你哥哥（指薛蟠）说才好。说毕，转身走了。宝玉自语道，可不我疯了，往虎口里探头儿去呢。他给予她的温柔，只能这么多了，再不能了。每每读到此处，我都忍不住要落泪。

我小时，也是玩过斗草的。只是那时，我根本不知道这是流传了几千年的游戏，我们一帮乡下孩子，完全是凭着与草木相亲的本能，自然而然产生出的一些玩法。我们提着猪草篮子，去往青青的田野，往往是没心思挑猪草的，先玩一通再说。我们随便揪过一把花草来，编各种小玩意，戒指、项链、小蚂蚱、花环，谁编得越多越快，谁赢。狗尾巴草是我们最喜欢玩的，折下两根来撑住双眼，可以扮魔鬼。我们扯下马兰花来，数上面有多少瓣，最后留下双数的赢，单数的算输。我们也对过花草名，比如我说猫耳朵，另一个接口道，兔尾巴；我说一年蓬，另一个答，万年青。我们还玩过寻寻觅觅的游戏，那时地里的蚕豆已开花了，有的蚕豆植株中央，会冒出像小勺子一样的叶子。我们去寻那样的小叶子，一株蚕豆一株蚕豆寻过去，有时要寻上几十株，才发现一枚，会高兴得又蹦又跳。我们相信，找到它，就是交了好运。

那些单纯的充满植物香气的时光，再没有了。那样单纯的天空和大地，再没有了。现在的孩子不识野地里的花草，野地里的花草也认不得孩子了。它们彼此陌生在四季里，任由花开花又落。

一窗云

我在老家屋前，陪我妈摘柿子。

两棵柿子树上，挂满红红的柿子，足有几百斤。我妈说，每天不晓得有多少鸟来吃哩。

弟弟也回家来了，带着他六岁的小儿子。小家伙像只调皮的小羊，蹦蹦跳跳着，对什么都好奇，对什么都想去摸一摸碰一碰。

我妈就一直开心地笑着，笑得像个小女生。

往日我归家，却很少见到她的笑。她总是一副愁眉苦脸的样子，跟我诉说我爸哪哪又不中用了，她哪哪又犯毛病了。说着说着，就掉泪。

我最怕看她的眼泪，却又无能为力。这就好比你看着一支烛火即将燃尽，然你没有办法握住那段火，你只能眼睁睁地看着。弄得我回老家，成了不堪之重。

这一次，却大大不同了，我妈一点儿愁容也没露。不知是不是天气的缘故。天气真是好，秋高气爽的。又或因她的小孙子回来了，小孙子一喊奶奶，我妈的心，就甜得如一只熟透的柿子了。

我妈摘了一篮子柿子，又摘了一篮子。她让我们带回家，送给邻居们也尝尝。我说，好。由着她去摘，她摘多少，我就带多少——难得她这么开心啊。

我甩着两手在门前晃悠。蓝天上，白云如雪山耸立。蓝天下，田畴广阔，稻穗金黄，丰收的号角已吹响。屋前的大丽花和波斯菊，开得汹涌澎湃。小侄儿在蹦跳，嘴里面哼唱着儿歌。也就是在这当儿，我无意中一抬头，看到我妈的窗户里，居然养着一窗子的云。

我发呆地看着那一窗云。它们被窗玻璃映着，多像挤成一堆的小兔子啊，白暄暄的，毛茸茸的。我忍不住拽拽我妈，让我妈看，我说，妈，你看你看，你养了一窗子的云呢。

我妈的脸上，印上深深的笑容。那笑容里，有白云朵盛开着，永远也不会凋落的样子。时光在打着瞌睡。我真希望它能睡得久一些，再久一些。

鸟儿在嚼什么

每天清晨四五点的时候，我的窗外，一群鸟儿便开始了它们的晨读课。

一夜好睡，它们的精力旺盛得厉害。我能想象得出，它们摇头晃脑读书的样子，时而大声诵读，时而低吟浅唱，抑扬顿挫，声情并茂。

这样的晨读课，总要持续到半个小时，乃至更久一些。

我不忙着起床，只安静地躺着，静静听，它们晨读多久，我就听多久。我的新的一天，就这样开启了。

曾有不少人问我，你为什么还待在你那个小地方？

我笑。我从没觉得我所在的地方小。在这里，我抬头就可以看到蓝天，低头就可以见到花朵。更难得的是，天天有小鸟在我耳边唱歌。我贪恋这些鸟声，怎么听也听不够，这成了我不愿离开的理由之一。我不晓得，缺失鸟声的地方，该是何等的寂寞和荒芜。尽管那里有高楼大厦灯红酒绿，可还是冷清得慌。

白天出门，我常会遇到一些好为人师的鸟儿。它们穿梭在花树间、灌木里，蹦跳在草地上、林子中，一本正经地教清风阳光念诗，教树木花草唱歌。

它们的声音太好了，小嘴随便一吐，就能吟唱出琵琶、二胡、胡琴、笛子的婉约。有时，你还可以听到吉他或古筝的清越，甚至是鼓和排箫的激昂。我总要听上一会儿，很想学它们吟上一吟唱上一唱，却学不来。我也就不学了，好好地做个听众，也是一件幸福事。

我爸住在乡下。屋后有竹林，每日黄昏，归巢的鸟儿，都会上演一出久别重逢的戏。不过一天未见，它们却好像隔了三秋似的，揣了一肚子的话，争着要告诉大家。竹林沸腾起来，如同下着一场骤雨，又酣畅又淋漓。每每这个时候，我爸爱站在竹林边，侧了头听，脸上抹着一抹黄昏的温柔色。他听着听着就笑起来，轻轻道，这些鸟儿也不知道在嚼什么，天天都是这么闹。

我爸说这话时，表情是愉悦的，欣慰的，满足的。他寻常的一天，在鸟儿们这场热闹的团聚里，得以圆满。他心安了，吃罢晚饭，洗洗就去睡觉。屋旁有那么多的鸟儿陪着睡呢，不寂寞。我却大大发了一回呆，在他那无意中说出的“这些鸟儿也不知道在嚼什么”上打转。真的呢，鸟儿在嚼什么呢？嚼花朵的故事？嚼果实的甘美？嚼云朵的影子？嚼歇在芦苇上的风？嚼忙碌的蚂蚁的奇遇？天地之间，有那么多的酸甜苦辣，似乎没有它们不能咀嚼的东西。越咀嚼越觉得滋味，滋味最后满得小小的心脏装不下了，就得吐出来。怨不得鸟儿每天都有那么多的好滋味要分享。

曾听一位高僧说，最好的修行，在我们的坐卧之间，在我们的起心动念里。然能悟得其中真味的又有几人？我们总有太多的目标要去实现，一日一日为之所累，失去了活着本身的意义。这些活蹦乱跳的鸟儿，当不知修行为何物，它们恰恰成了最好的修行者，再粗糙寻常的日子，它们也能过得有滋有味。

月亮如一只完好的蚕茧

为了看海边的星星，我和那人趁着天黑，驱车一百六十里，赶往海边去。海是黄海，潮汐起时，成海。潮汐落时，露出大片滩涂，上面长满盐蒿、苇和茅草，海鸟们出没其间。

月亮突然从东边的地平线上一蹦而起，像一头活泼的小兽，一身火红的毛，闪闪耀耀。这只小兽一刻也不肯安静，它一会儿蹦上人家的屋顶，在屋顶上跳舞。一会儿又蹦到一片林子里，藏起来。我扭头去找，它又从路的那边冒了出来。

它就这么戏耍般的，伴着我们一路到了海边。海的辽阔与庄严可能震住它了，它一改刚刚的调皮，换掉红妆，袭一身素白，一本正经起来。它看上去，那么的像一只白狐狸。

海面上，月亮投影的地方，仿佛有一个舞台在闪亮。而滩涂上，已铺好了月光的银地毯。如果顺着这条银地毯走下去，一直走下去，就能走到天上的吧。天上，琼楼玉宇，笙歌吹响，筵席正当时。

我们站着。深夜的海边，太寂静了，只闻得虫鸣，喁喁的，在红蒿草中，在芦苇丛里。哪里的海鸟轻啼了两声，是被风惊扰了梦，还是被星星给摇醒了？星星们真是多，像无数颗糖果，撒落在天上。他说起他的小时候，夏天的夜晚，躺在外面的竹席上，仰头看到的，就是这样的天空，星星又大又密。那时并不觉得特别，但眼睛，也会傻傻地盯着看，看着看着，就睡着了。现在回想起来，那样的夜晚，实在是美妙。

我的小时也是如此，乡村的哪一个夜晚，不是被满天的星星照着呢！当时并不自觉。我们的人生，经历了多少这样的不自觉啊。对美的触感，越来越迟钝，是我们生命巨大的遗憾。

月亮升起来，越升越高，它胖乎乎的模样，瘦了下去。我惊讶地发现，这个时候的月亮，太像一只巨大的蚕茧了。这是初秋阴历二十一的月亮。四周的寂静，更显寂静了。

我翻开手机里的记事本，就着星光月光，敲下这样一段话：

此刻，头顶上好多颗星星。月亮如一只完好的蚕茧。咦，里面会不会飞出一只蝴蝶来？沙滩上反射着月亮的光芒，像铺着一条银色的地毯。水鸟在梦呓。秋虫在吟哦。海水睡着了。风悄悄来拂衣……没有人，除了我，和他。

爱的生活

云太好了。

好像从来没有哪个秋天，会有这么好的云，一大坨一大坨的。天空大概也到了收获季节，往日种下的云朵，到秋天，也开花结果了，变得硕果累累的。

风吹着凉，一阵子一阵子的。我站在风口望云，我想看看哪坨云会被风先吹落下来。

我说它们像大轮船，一艘一艘开过来。船上也不载别的，就载着白云朵。一坨一坨的，又软又白。

真白。雪也没有它们白。

我就这么花费大半天的时间看它们，看得我的世界里只剩下一种颜色，就是白。洁白。灵魂好似被重新粉刷了一遍，也是白的，净的。

那人走过来，站我身边说，傻。

他这么说我时，并没有看我，他也在看天上的云，脸上有白云朵在荡。

咦，白云朵是什么时候掉到他脸上的？真好玩。我看着他笑，笑出了声。他莫名所以，转过头来，也看着我笑。我的脸上，会不会也掉落着白云朵呢？

这个时候，我们不用说爱，我知道，我们很相爱的。

托尔斯泰说，世界上只有一种幸福，我们所需要的也只是这种幸福。这种幸福是什么呢？就是爱的生活。

爱上这秋天洁白的云朵，也是爱的生活的一种。

十亩间花园笔记

一

这原是一幢搁置了有十年的房。二楼，背阴。一般购房的人，都不加以考虑，嫌楼层低，嫌没有朝阳的窗户和门。还有，嫌这里太僻静。

确实静。窗外三棵栾树，高过屋顶了，它们静静地长叶，静静地开花，静静地结果，静静地掉叶。栾树之外，又一排樟树，又一排紫薇。再外面，一条南北向的大道，车辆行人不多。周围没有商场，没有娱乐场所。有小公园一个。有小河两条，竖一条，横一条。

我一下子动心，这样的安静，我喜欢。我更喜欢的是，那屋顶上，有好大一块露台。

我买来做我的书房和花园。

书房名和花园名，都叫十亩间。

盖因我实在爱极《诗经》里那首《十亩之间》的歌谣：

十亩之间兮，桑者闲闲兮。行与子还兮。

十亩之外兮，桑者泄泄兮。行与子逝兮。

我愿做这样的桑者，在十亩之间，喂养我的文字和花朵。

余生就这样吧。

二

露台铺上防腐木，筑了四个大花池，成 L 型。

那人去郊外买来几车土，填上。我的十亩间花园初步建成。

网上购了一堆花种子，也不管它们谁跟谁，把它们统统撒到池子里去。

接下来，就等着它们破土而出。

二月里，飘了几场雪。池子里什么动静也没有。外面传来梅花的消息。

三月初，土层松动，里面陆续钻出一些小脑袋。这些小脑袋几乎一模一样，顶着一粒或两粒柔粉的绿，小，像些蠢蠢蠕动着的小虫子。我怎么辨认，也不能认出它们分别是些什么草什么花。

我忽然有种奇异的感觉，像走进一家育婴室，所有的婴儿看上去都是粉粉的一团，一样的小嘴巴小鼻子，一样的小胳膊小腿，每一个都充溢着奶香，散发出甜蜜的气息。这个时候，只有柔软和美好，哪有卑微、苦难、阴暗、丑陋、奸诈和凶残！

世界最初的模样多么好啊，你就是我，我就是你。

三

路边的梅花开了。

那么多的梅花，叫蜜蜂们忙得有些晕头转向了。

蜜蜂们埋首在一朵红里面，或一朵粉里面，屁股撅得老高，使劲地吸，吸，吸。然后跌跌撞撞，飞进另一朵红里面，或另一朵粉里面，又把屁股撅得老高，使劲地吸，吸，吸。一只只养得肥头大耳的。

春天好像真的来了。

十亩间花园里冒出的芽芽们，也兴兴地长着个头。从一寸高，长到两寸。从两寸高，长到三寸了。也开始抽茎长叶。我仔细辨认它们的样子，还是不能准确地叫出它们的名字。它们年少的模样，实在太过相像了。

我又安排了一些“客人”入住。

一株牡丹。两棵绣球。两棵蔷薇。一棵凌霄。两棵月季。一棵美人蕉。一小丛翠竹。

我还从老家挖了些大丽花的根带回来，埋在里面。

那人又移来四棵葡萄。葡萄看上去像僵死的小蛇。我怀疑它们能不能成活。那人却信心满满，要在上面搭葡萄架子。他眼睛闪亮，信心满满，说，你就等着坐在葡萄架下，一边赏花一边吃葡萄吧。

他这么一展望，我就很有些迫不及待了。想想不久的将来，有可能出现那样的一幕，真是叫我幸福得直冒泡泡啊。

四

春天要说的话，是一次说不明白的。

风踩着碎步子走，嘴里在念念着什么。鸟儿们天天搞聚会，蹦蹦跳跳，唧唧啾啾，七嘴八舌，它们远方的亲朋也都赶过来了。河水吐着珠玉，一路浅吟低唱着。

杨柳如烟堆积起来。

花们暗流汹涌着。一个一个的，都憋着一股子的狠劲，想要轰轰烈烈跟谁拼上一场。它们委托风，到处下战书，找对手挑战。

风不知该听谁的话才好。独个儿为难地念起经来，絮絮叨叨，絮絮叨叨。

它也不过才在人家的窗户底下一愣神，一个世界，已打闹得不成样子了，颜色泼洒得到处都是，迎春花的黄，玉兰花的白和紫，樱花的粉，海棠的红……春天被涂成个大花脸。

我天天在我的十亩间花园里晃，跟那些小芽芽们念叨，快点长啊，快点开花呀，你们再不抓点紧，春天的热闹就没你们的份了。

真替它们急啊。

它们却全然不为所动，慢慢长着它们的小叶子，神情笃定得很。新的芽芽还在层出不穷地往外冒，池子里似乎埋藏了很多的小秘密。

这真有意思。

我知道野草们也跑来凑热闹了。我等着看野草们开花。

葡萄长出叶子来了，茎也抽长了，还分了杈。

月季打出花苞苞了。

凌霄毫无动静，一副大梦未醒的样子。

蔷薇的身体复原得不错，迅速抽长出新的茎叶，朝气蓬勃。

翠竹也活过来了，绿郁郁的一片。

太阳北移，可以照到露台上了。

五

买了一大堆花肥撒下去。

婆婆纳、一年蓬、繁缕、三叶草、苦荬菜，它们反客为主，在我的花园里率先开起了花。

我很高兴它们开花了。

婆婆纳的花，像一只只蓝色的小瓷碗，精致细巧。一年蓬的打扮最素朴，布衣荆钗，素净着一张脸，却天然含着一段风流。繁缕呢，完全一副弱不禁风的样子。我想，倘若它开口说话，那声音一定细如蚊虫轻呢。三叶草却皮实得很，花朵结结实实的。它是个好动的小男生，看上去很不安分，我的眼光稍一移走，它可能就会趁机在地上打个滚。苦荬菜是好人家的小女儿，文静恬淡，一朵一朵的小黄花，秀气迷人。

池子里还跑来了三棵桑树、两棵杨树。虽还是小小的几棵，却长势甚好，大有要施展一番拳脚干出一番事业的架势。

这是多事的风还是多事的鸟，给干的好事？我笑眯眯地想。留它们多住了几日，还是很抱歉地动手拔去它们。也顺便拔去了一些杂草，留下些开了花的——池子的空间毕竟很有限。

我栽种下去的一些花，也都陆续成长起来，长成少年的模样了。凤仙花、矢车菊、牵牛花、蓝目菊、太阳花、大丽花、美人蕉，各各眉目清楚起来。

一群美好的“少年”，就这么在我的花园里相遇了。我愿它们相亲相爱。

六

四月十二日，是个好日子。我的牡丹开了。

一朵，仅一朵，亭亭玉立。娇嫩，洁净，水灵，粉嘟嘟的，如同刚出浴的小美人。

我推开朝向露台的门，一阵馨香就迈着小碎步来迎我。我很是受宠若惊。

牡丹花美，倾国倾城。而我的这一朵，在我眼里，尤其美，罗衣玉肌，粉面如敷。这是独一无二的一朵，天下无双。

我想起了小王子的玫瑰花。小王子说，我好像被一朵花驯养了。

我也被我的这朵牡丹驯养了。

我频频跑去露台。早晨。午后。傍晚。晚上。

它是最动人的春天。

世上再多的花都与我不相干了。只这一朵，它是我驯养出来的花，它同时也驯养了我，我们共同付出了馨香、期待、温柔、欢喜、牵挂。

爱，是互相驯养的关系。

七

五月，满城的蔷薇花开。

这是春天抛洒的最后一把热情了。

十亩间花园的花草们，仿佛才大梦初醒，有了岁月峥嵘的样子。

我不时去给它们浇浇水，除除杂草。

杂草的生命力旺盛得叫人吃惊，我几天没理它们，它们就繁茂成一片。用不了多久，它们就能霸占下我的整个花园。

我自然不允许它们这么横行霸道，就像不允许我的心里长杂草一样。一定要及时清理啊，否则，很容易迷失心志，没有了澄澈和清明。

意外发现了好些棵薄荷。这是土地本身藏着的宝贝，还是鸟儿送来的礼物？不去管了，我照单全收。

我的蔷薇光抽枝条，没开花。据说要等三年才开花。我也不急，等着吧。它蓬勃的茎叶，攀爬的枝条，也是一种美。

月季花开过了谢，谢过了又开。是我喜欢的玫粉色。

五月二十日，矢车菊开出了第一波的花。九朵。蓝色。如九朵浪花一般，在轻风中摇曳。

“在海的远处，水是那么蓝，像最美丽的矢车菊花瓣……”安徒生这么温柔地写道。我想，当我种出一片海，是不是也有个海的女儿，在半夜里偷偷潜来？

一只小粉蝶飞来，它几乎在一瞬间，就爱上了这些花。它不走了。

我看到它与一朵矢车菊吻上，久久地，没有分开。

八

出门一个月，到云南去。最放心不下的，是我的花们。

拜托了人来帮着照管。临行时对来人千叮万嘱，要记得浇水啊。要记得除草啊。要记得捉虫子啊。

云南多花，鸡冠花、三角梅、凤凰花、鸡血藤、假连翘，都泼辣得很，开得到处都是。随便进个山里的寨子，那寨子绝对是被花点缀着的，开成瀑布一样的三角梅，从一棵树上，飞扑下来，颜色四处飞溅。

我却格外惦念我的花们。

它们还好吗？

在西双版纳的一家小饭店吃午饭，临桌也有一家人在吃，一对小夫妻、和一对老夫妻。听口音是江苏人，大家便很自然地搭起话来。老夫妻俩尤其健谈，说他们家是开饭店的，门口有条河，屋后有个大院子，院子里长满了花。

出来这些天了，很想家里的花呢，老先生翻开手机里的照片给我看。我看过去，大大的院子里，挤满了花草，姹紫嫣红着。

因为这一院子的花，我们平时都不大敢出门走太远，老先生笑。

这一次女儿女婿硬拖着我们出来走走，买了个自动浇水的装备安上，定时浇水，可还是放心不下，老太太插嘴道。

我点头，夸，你们家的花真漂亮。也跟他们说起我的十亩间花园。我说这大热天的，就担心它们渴着了。他们立即建议我，买个自动喷水的设备啊，只要你把时间设定好了，到时它会自动浇水的。又热心地找出淘宝上购买的链接，推荐给我。

我们因花，聊了很久，互相敬酒，互相赠菜。并再三相约，回到江苏后，一定要去对方的家里看看花。

九

七月，我的十亩间花园才真正热闹起来。

花们争先恐后地开。

矢车菊又多出两种颜色，一种紫，一种白。它们扎成堆了，像一群小女儿在搞联欢，叽叽喳喳。它们的故乡远在欧洲，不知午夜梦回时，它们会不会想念故土。

大丽花开出两朵红的，三朵黄的，两朵白的。红色的大丽花，是我记忆中的模样。童年时，一个夏天，一个秋天，家门口都开着这种花。一大蓬，花朵都有碗口那么大。我上学去，掐两朵戴在辫梢上。教我的女老师看着我，笑了，对旁边的一个男老师说，这丫头，将来是要飞的。当时不懂老师的话，害羞了，跑开去。现在想想，老师是赞赏我的吧，一个在贫瘠中生活着的小姑娘，爱着美，长大了是不会让自己活得有多卑微和糟糕的。

倘若那个女老师还活着，现而今也是七八十岁的老人了。但愿她幸福安康。

牵牛花牵来很多只“小喇叭”，红的，白的，蓝的，紫的，它们朝着天空，吹着它们的曲调。万物静听，皆有回响。何况是这样的花！我似乎听到那悠扬之声，如山涧溪流静静流淌。

绣球花顶着一个粉色的大花球，像要给自己招亲。只一个，足够惊艳了。

美人蕉的花蕾，如同小红椒，煞是夺目。

蓝目菊打小就是个美人胚子，花苞均匀地描出线条，一根线条代表一瓣花。花朵张开，我数了数，22 瓣。也有 23 瓣的。自动叠出一张美人脸。有红有白，也有本色的蓝。花蕊好看得很，像聚着些蓝色的小星星。

凤仙花一呼一大群，白白粉粉红红。这花是我记忆里的光和美。那个时候，我们每个女孩子，都拿它染指甲。花开起来，还跟从前一个模样，一点儿都没变。它哪里会想到，它的身上，承载着我的整个童年和少年时光。我对着它看，那时的村庄，那时的人，一个一个，都在它身上复活了。

长春花和太阳花，也都开了。凌霄爆出饱饱的花蕾。

万物各有其时的充盈和满足。这是大自然的幸福所在。

十

骄阳似火，我的花们接受着烈日的考验，低垂着脑袋，念着清凉经。

雨终于来了，我长舒一口气，跟着花们一齐欢呼起来。花们载歌载舞，晒蔫的花叶，一下子又变得饱满丰盈。花们多么热爱一场雨啊，它们也热爱月光、鸟声、虫鸣和清风。

我听见它们汩汩痛饮的声音。它们懂得感激，叶子变得更绿，花朵变得更鲜艳。你给我一滴恩惠，我报你十分颜色。

大丽花又开出三朵黄的。蓝目菊紫粉的多出两朵。牵牛花和石竹关系亲密，互相赠送花朵，一团和气。

凤仙花的花苞，像些绿蝌蚪。大大小小的绿蝌蚪，游戏在一起。

长春花的花苞像削尖的铅笔头。这花开起来没完没了，昨日见着，一团鲜艳。今日见着，还是一团鲜艳。一点儿不见老。它一定握着永葆青春的秘籍。

太阳花嘟着小嘴巴睡觉。太阳醒来，它才醒来，一吐就是一朵艳红。

凌霄花爬到葡萄家里做客，它们很懂礼节，带去一簇橘色的花朵。

小蜂飞来。蝴蝶飞来。爱上哪朵花对它们来说，真是个难题。那么多，它们挑花了眼。

我在一边幸灾乐祸着，哈，让你们花心去吧，哪一朵都值得托付终身哩。

十一

九月，秋至。

栾树举着一团一团金黄的花。银杏的叶子慢慢描上黄。紫薇渐渐收起它的好颜色。秋虫的呢喃，如细雨洒落。

十亩间花园里却一片繁荣景象。除了葡萄在掉叶子外，其他的花草似乎一点儿也不晓得入秋了，或是知晓了，却不在意。它们只按着它们自己的节奏来，每天还是捧出那么多的好颜色，都是吸足了阳光雨露的好模样。

我人在书房里坐着，想到头顶上有那么多的好花在开，就坐不住了，起身，上楼去看它们。它们总是笑嘻嘻地迎我。

我很想知道，在我不在的时候，这些矢车菊、牵牛花、凤仙花、太阳花、大丽花、凌霄花、月季花、石竹，还有狗尾巴草、一年蓬和苦荬菜（我没舍得把它们都拔掉），它们都在做什么。它们会吵闹吗？它们会叹息吗？它们会惆怅吗？它们会跟风说些什么？它们会羡慕天上飘荡的云吗？它们会在月光下跟一只虫子谈恋爱吗？花草的秘密，人永远不知道。我看到的，永远是它们恬静的波浪般的微笑。我站在一丛丛花旁，也总要微笑起来。我什么话也不说，或者，说上几句。这个时候，世上万般误解和错误，都可以原谅了。

花草们永远是一副好脾气。不嫌我的话少，也不嫌我的话多。

十二

木心语重心长对他的学生说，奉劝各位，除了灾难、病痛，时时刻刻要快乐。

木心是活得通透的一个人，他活得很像花草。生命不是为了痛苦才来到这个世上的，而是为了追寻快乐。花草们最明白这个道理了。

你若能静下心来，同花草们交谈，你会大有收获。它们从不宣讲大道理，只诉说生命的本质。它们会轻言慢语告诉你，在它们身上，有一个快乐的源，这个快乐的源叫绝对信任自己。它们相信自己会开花。它们不活成别人的样子，只活着它们自己的。它们高兴开几瓣花，就开几瓣花。高兴活成什么样子，就活成什么样子。它们为之付出努力，每一个，最终都活成了最好的自己。

秋已深，我的花们依然灿烂着，守着它们最后的眷恋。我在它们旁边，读诗给它们听，刚好读到这样几句：

你的花园多好呢
你每种一样花
就是多活了一次

我停下来，看着我的花们，看得无限感激。我的花们，让我多活了多少次啊。

当寒潮来时，我知道，我的花们会凋落，直到一朵不剩。这个时候，我只有祝福：凋落吧，我的花朵，你把这个世界喜欢过了。而我，把你喜欢过了。

NO.2

十分好月

真想穿越过去，和那个小小少年一起，看月亮是怎样被云当作大饼，一口一口吞吃了的。

春的消息

是谁透露了春的消息？甫一散布，就不胫而走。早上出门，满世界都在传播着春的小道消息。

春风的嫌疑最大。它扑过来，有些做贼心虚的，在你的脸上偷挠一把，你的脸立即痒唆唆的，逗得你想笑。你眯眼，仰头，欢喜盈心——天上的云朵也似在纷纷传说，春天来了，春天来了。那么密集的云，似白色的大鸟，聚集在一起，商量着要去赴什么宴会。

半空中的鸟也真的多起来，一只只都忙得很的样子，飞到东，飞到西，一边飞一边啁啾着。每一粒叫声里，都含着青翠的珠子，滚落到地上，有回响——一棵草冒出来；一朵花开好了；一片叶子长出来。

一只黑色带白色斑点的小狗，天天独个儿出来散步。今日它又出来了，在草地上走着走着，突然停住了，惊奇地对着草地看。它一定发现了那块草地上的秘密了。是了，那里，无数朵婆婆纳，像眨巴着的小蓝眼睛似的，突然冒了出来。小狗一定吓了一跳，想，它们是从哪里冒出来的呢？

扫地的季姐，和小区里的一居民，站在一棵朱砂梅旁聊天。一树朝霞似的梅花，掩映着那么两个人，有水波潋滟的感觉。好看，真好看。我很想走过去告诉她们，再和她们说说有关梅花的事情。但我忍住了。就让她们像一幅画似的，镶在春天的画框里，也好。

聊赠一枝春

这几日，梅花开得好，我也就很愿意多出门了。早上一趟。午后一趟。傍晚还要来上一趟。

小区里有梅花。出了小区也有。向左转，或向右转。向前走，或向后走。总也不会与梅花错过。我就随便顺着一条道走下去，把这一条道上的每一棵梅花都访问到。像走亲访友。

自然的，也就想到，南朝那个叫陆凯的有趣的人来。他留下了五言诗一首，使他在每个春天里复活。诗你只要读上三两遍，也就能记住了：

折花逢驿使，寄与陇头人。江南无所有，聊赠一枝春。

他原是北方人，怎么跑到江南来的，不知。梅花盛开的江南，他溜出去看梅花，恰好逢到从北方边塞来的信使。他想念在北方的好友范晔了。这春光四射的江南，他多想与好友分享。于是乎，他折下一枝梅花，托信使带给范晔，并随梅花附上一句话，哎呀，我在这江南也没有别的好东西送你的，就送你一枝春吧，你且笑纳吧。

瞧他促狭的，像个孩童。路远迢迢，不知他的这一枝春，到达千里外的北方，会成什么样子了。范晔接到这一枝春时，会是什么表情和心情？尽管那上面没有梅花灼灼了，但范晔的心，还会因友人这一枝春的慷慨而感动，而心生暖意的吧。古人的天真有趣，真正动人。

我也想这么天真一回，赠你一枝春。我赠你一枝柳吧。赠你一枝桃吧。赠你一枝黄吧。或赠你一枝绿。倘若清风好赠，我还想赠你一枝清风。就像此刻的，带着春天蓬勃气息的，拌着花香的，还有草芽芽儿乳香的清风，你可喜欢？

我还想赠你此刻天上的云朵。它们真像一枝枝开得好好的白玉兰。

神奇的瞬间

如果不是有事耽搁，每天黄昏，我铁定是要去通榆河畔散会儿步的。

从我家走到通榆河畔，有三四里路。这一路之上，可看可玩的东西实在太多了。四时的景致各有不同，单单拿一个春天来说，就叫人赏玩不尽。

我有时会被草地上新冒出的几粒绿吸引住，我总要认清它们是谁才肯作罢。我也会被一捧花骨朵牵住目光。一切幼小的事物都十分的相似，相当的“萌”，天真、柔软、懵懂、有趣。无论是迎春花、梅花、结香、玉兰，还是桃花、海棠、紫荆、红叶李、碧桃，它们的花骨朵，都是这样的。跟刚钻出来的小虫子似的，迷蒙着一双眼。如果遇到柳了，我也会仔细瞧瞧上头的小芽苞，哎，太像可爱的小眼睛了。

有一丛结香，从它开始打花苞苞起，我每回路过，都要跑去问候一下。嗨，你好呀，我弯腰凑近它。它的花如同巧手缝制的香囊，里面装满了它酿的香。它的性格又豪爽得很，谁路过，它都恨不得倾囊相送。我每回都要被它的香熏得打上几个喷嚏。咦，它哪里来的那么多香？不可思议。

凌霄的枝条还呈僵死状，蓬头垢面地卧在一座桥的两头。我摸摸它，冲它说，伙计，该醒醒了。我从不敢小看它，人家胸膛里的那颗心热着呢。我似乎听到它血管里的血汩汩流动的声音。再几场春风吹吹，它将一跃而起，跑得比谁都快——几天不见，枝条上就插满了浓密的叶子。

一张蜘蛛网也是迷人的。它架在一棵月季和另一棵月季之间，两棵月季相距足足有一米多长。我就是想不通，小小的蜘蛛哪有那么大的能耐，能在隔着那么远的两棵月季中间牵线搭桥？大概是空气和风帮了它的忙。当然，它自身也是有本领的，它是能飞檐走壁的，一身的江湖气。

我也会傻傻地看几只野蜂在花树上忙碌。它们不争不抢，各忙各的。它们比人的欲望要低得多，人有贪念，总希望占有得越多越好，哪怕是自己用不着的东西，也要霸着。而它们呢，够吃了就好了，能有点余粮就好了。它们会把蜜藏在哪里呢？这是我很想知道的事。

有时我驻足，听一些鸟的喧哗。它们聚集在一起，在一些红叶李上跳上跳下，在一些银杏树上跳上跳下，在一些梧桐树上跳上跳下，热议着什么。我觉得它们是在讨论婚嫁的事。春天宜嫁娶嘛，鸟也不例外。

等我终于走到通榆河畔，我就更不得闲了。我太喜欢河里的倒影了，能盯着看上小半天。天空在河里，树木在河里，一些房屋在河里。树木便似长在天上。房屋便似砌在天上。眉眼儿盈盈，太神奇了！如果这个时候有颗夕阳掉在里面，好了，天空、树木和房屋的上面，就游着无数条彩色的鱼了。

我是常常能遇到夕阳的。它的壮观我形容不好，反正每回我都惊诧得很，它怎么可以那么壮观呢？把半天空的云都着上色了。它家里得开多大的染坊才成啊？我有要摘下它来尝尝的冲动。它有时像颗熟透的柿子。有时像只红彤彤的番茄。有时又像个大石榴。有时则像粒大红枣。当它熟得不能再熟了时，饱满的汁液就滴淌下来，洇红了地上的树木、房屋、鸟雀、行人、河流，空气中充溢着甜蜜的芳香。

河里的行船也让我兴趣盎然。船上都有谁？他们要去往哪里？晚上他们停泊在何处？夜里，星星们砸到他们船上，会吓他们一跳吧？“笃笃笃”，船只敲响了水，一路往前驶去，一河的水很没出息地跟着摇荡着。我默送他们远去，那船上承载了我的目光，是不是多了些重量呢？好吧，祝你们好运。我“嘿嘿”笑出声来。

到这时，我的这一天算是比较完满了。我满足地叹口气往回走，如果能遇到月亮就更好了。月亮没有，有星星也不赖。我把这一路上之所见，都称为神奇的瞬间。它们让平凡的我，日日葆有惊喜，活在有趣和生动里，远离着麻木和尖刻。

我为什么要告诉你这些呢？哎，我只是想让你知道，这些神奇的瞬间，你也可以毫不费力地拥有。

鲜活

台风在我的窗外，一阵儿一阵儿的。如果它没有带来灾害，它实在是夏天不错的一个客人。

雨也是一阵儿一阵儿的。植物的欢喜是显而易见的，窗外三棵栾树，叶片儿饱喝一通甘霖，满足得像要开花。

太阳出来了。太阳其实一直都在，它刚刚只是走了个神，就让乌云钻了个空子。风大，吹得阳光晃个不停。吹得树叶子晃个不停。晶亮的影子，像无数的小鱼在跳。我以为这是好时光了，水波潋滟。

我也就任自己这么傻看着，看树下走着的人，看路上一晃而过的车。走着的人有的撑伞，有的不撑伞。有的脚步缓慢，有的脚步匆匆。我知，他们的故事，都在那脚步里，有痛，有伤，有欢喜。

谁的肩膀上不曾既淋过雨雪，又歇过阳光呢？

现实最可行的一种是，无论好的，还是坏的，我们都只能坦然接受，不逃避，不后退。前路不管是顺，还是不顺，也只有走下去。途中有些什么，谁知道呢？也只有走下去，我们才能遇见。

鲜活地活着，是最大的好。

枫花、枫果

看到枫树开花，着实吓我一跳。

没想过枫树也会开花。

我站在它跟前，看着那些花，还是不大相信，似乎它说了个谎话。

可是，枫树为什么就不能开花呢？

是怨杜牧吗？千年前，他随便吟出一句“霜叶红于二月花”。从此，枫叶的光芒，遮过了一切花朵的。包括它自身的。

这颇像一个硬汉，平时在大众跟前，展现的都是他铮铮铁骨的一面。某天，你看到他也在家奶娃，熟练地操起奶瓶，脸上荡满柔情，真真叫你吃一惊的。继而，又莫名地感动。

枫树的花，真是好看，如一只只小小的红蜻蜓，翩跹于碧波之上。

有一男一女走过，他们见我停在那里，遂也停下来，一通观望后，颇是惊讶道，呀，是枫树开花了？

他们奔到枫树跟前来，围着一通看，嘴里啧啧叹，真好看，真好看，想不到枫树也开花呢。他们举着手机，拍了许多枫花的照片，心满意足而去。

我挺替枫花高兴的，又有两个人遇见它们的美。

我后来还看见开黄花的枫树，一撮一撮安静的黄，累累的，缀在叶间，不喧不闹。那个时候，我已很淡定了，我知道，枫树也是开花的。

待到八九月，我遇到枫树的果实，又被惊着了。

枫树的翅果，通身染着黄绿，像新冒出的叶子，又像新开出的花朵，成坠扇状。

我有种偶敲开山里人家，却看到满屋藏书的那种惊喜。

梭罗说，大自然中，永远有我们学不完的东西。

正因如此，每每走在大自然中，我都怀揣着捡宝贝的心理。我知道我捡不完，然，捡到一个是一个吧。就像我捡到一些枫花和枫果。

我有限的生命，因这些“宝贝”，而富足而充盈。

自在

有人问我，你写作，曾想过放弃吗？

我反问他，我为什么要放弃？

他说，因为中途有可能遭到失败，得不到别人承认呀。

我笑了，我说，我写，只是我喜欢写而已。我的喜欢，只与我自己有关，与他人没有关系。别人认可，固然喜悦。别人不认可，那也不要紧的。

一个人活得患得患失，真的不是件好事情。

他将活在别人的目光里，事事，得先考虑别人的喜好了。他将活得非常的不自在，慢慢地，也就丢失掉自我了。

我不要这样。

我享受着做自己的快乐，安身于一隅，做自己喜欢做的事，吃自己喜欢吃的食物，爱自己喜欢的天空和大地，一切都是恰恰好。

读书和写作，是我日常喜欢做的事情。我喜欢做的事情还有画画，还有绣十字绣，还有做点心做手工。它们对我来说，都是一样的重要，没有孰雅孰俗，没有孰尊孰卑。它们让我的每一天，都活得有趣，活得有滋有味，活得很知足很感恩。

我在乡下有个朋友。我们曾在同一个学校读过书，她高我几个年级。当年没考上大学，她就回家种地了。她特别手巧，喜欢编织，用蒲草编，用茅草编，用竹子编，用麦秸编，编出些篮子筐子篓子帽子，编出些小鸟小鸭小鸡小鹅，每一件物品看上去，都堪称艺术品。

我怂恿她，赶紧注册个商标呀，到城里开个店，专门出售这些手工艺品。现在大家都爱个返璞归真的，说不定，你的店会火起来呢。

她不感兴趣。她说，我编这些，纯粹只是玩的，我爱编多久，就编多久，爱怎么编，就怎么编，自由自在，没人管得着。看见的人，喜欢了，就挑两样带走，不挑也没关系。倘若开了店，就成了负担了，一点儿也不好玩了。

想想，还真是这个理，我们有时做事情，要的不就是个自在么。首先要问问自己的心，心会喜欢吗？倘若喜欢，那就去做吧。与其他的，都没有太大关系的。

迷恋

还是迷恋这样的时刻，阳台上的海棠仍在开着花，粉面红润，似乎从不知疲倦。最后的一颗星星落了。又一个晨曦，捅破了黑夜，洞口越捅越大，越捅越大，天光大亮，众鸟齐鸣。

还是迷恋这样的时刻，秋在草木间忙着穿梭，兜子里装满金黄和赤红。它又是顶顶慷慨大方的，走到哪里，分撒到哪里。掏给栾树一些吧，掏给银杏一些吧，掏给枫树一些吧，掏给稻谷一些吧。我路过，它也掏给我一些，我的身子立刻就被染成金黄和赤红的了。

还是迷恋这样的时刻，鼻翼被花香抚着，痒痒的。最后的合欢，把最后一缕香播撒在空中。那香，真如甜蜜的小果子。它会渗透进泥地里的吧，明年再长出香来。桂花这个调皮的小精灵，又在到处串门儿玩了。它窜到哪里，哪里就香得不可一世，又浓又稠。我遇见，总要贪婪地捉了它，在我的衣兜里捂捂好，把它带回家。

菊花开始登场了。给花换季的环卫工人，把一棵一棵的菊花，栽到路旁。还有一串红，如一串串红红的冰糖葫芦，也被工人们栽到路旁。工人们的身影，被花映着，他们脸部粗糙的线条，竟有着说不出的柔和。

还是迷恋这样的时刻，天上没有一丝云，只是拼命地蓝着、蓝着，湛蓝湛蓝的，所有的心思，一览无余。白云朵呢？一定跑到哪座深山老林里去了。深山里，松鼠们在忙着搬家，野苹果的香气，散布在那些林木之上。

还是迷恋这样的时刻，小小孩童脚踩着滑板车，“呼”的一声，穿过一片树荫去。割草机在草坪上呜呜响着，那样的劳作是愉悦的，青草好闻的气息，弥漫四周。

活着是为了什么呢？就是为了尽享这些香气、声音和光芒啊。

做个有趣的人

我妈常跟我说起我小时的一桩事。

那时我三岁，她刚生下我大弟在家坐月子，亲戚们照例是要送份月子礼的。几斤茶馓，一包红糖，就是顶好的月子礼了。我惦念着那些茶馓，过一会儿就跑到她的床边去，问她讨要。家里当时一堆孩子，我四姑，我小姑，我小叔，我姐，都还未成年呢，几斤茶馓，够得上几回吃？

一天，我在外独自游荡了半天，肚子饿极了，又跑回家去，走到我妈床边，伸出黑乎乎的小手，朝着她道，妈，我饿。我妈正在奶我大弟，口粮少，我妈也整天处于半饥饿状态，奶水少得可怜，大弟把她的奶头咬出血来。她没好气地打了一下我的手，去，去，哪里有吃的！

我妈每次念叨起这桩事，都觉得十分对不住我。当时床头还剩最后一把馓子，她顾着我大弟的奶水，没有给我。你从小就很懂事，一点也没有哭闹，我妈说。越发觉得对不住我了。

对这段往事，我也是有印象的。我记得那天阳光很灿烂，暖融融的，我推开半隐的家门，走进房里去。房间很暗，我适应了好一会儿，才看清屋内的陈设。床对于那时我的来说，显得有些高了，我须仰着头，才能看到我妈。我妈头上包着格子头巾，坐在床头奶我大弟。屋内洇着好闻的茶馓的味道，我猛嗅了好几口，向我妈伸出手去。我妈没有给我吃的，我独自站了会儿，便转身出去了。出门，是广阔的田野，里面好玩的东西太多了，我很快把茶馓的事给忘了。

那时的生活，的确贫穷艰难，但我却活得挺快乐的，因为有着太多好玩的事，把我的日常挤得满满的。趴地上看蚂蚁，我能一看大半天，这是好玩的；几个小孩，揪一把狗尾巴草，编项链编耳环，能玩出无数的花样，这是好玩的；一坨泥块，可以在我的手上变成鸡，变成鸭，变成狗，变成猫，变成我想要的所有东西，这是好玩的；一张破塑料纸绑在竹竿上，就是我们的旗帜，我们举着它，在乡间的土路上飞奔，这是好玩的；玩老鹰捉小鸡，踢毽子，跳绳，打弹弓，哪一样我们都玩得不亦乐乎。一张牛皮纸，可以叠出小船，可以叠出飞机，可以叠出衣裳，可以叠出花朵，可以叠出小人——真正好玩得不得了。

这种乐活的性子，一直伴随着我长大，虽其间也历过一些挫折，担过一些辛苦，但我从不曾让自己的心委屈过，它一直在我的胸腔里，快乐地蹦啊跳的。生活是好玩的。或反过来说更贴切，好玩的，才叫生活。吃剩的水果核，丢花盆里，长出绿植来了，好玩吧？溜到墙角的马铃薯，我没留意它，它自个儿出芽了，长出一蓬的绿叶来，好玩吧？买回来的青菜没来及吃，它倒给我开出花了，好玩得很哩。风吹来种子，居然在我窗台的缝隙里，长出一棵小杨树来，真是出乎意料的好玩啊。

我常不自觉地被一些事物吸引住，天上的云，地上的鸟，一束光亮，几声虫鸣，晚霞中的剪影，月光下的河流……在我看来，统统都充满趣味，都值得我为之浪费光阴。此生我就这样了，做个有趣的人，在好玩的路上一往情深，不疾不徐。

宁静

我给一片叶子拍照。

它介于红黄之间。

是余光中先生的诗吧，月色和雪色之间，你是第三种绝色。这片叶子，也正是这样的第三种绝色。

它是万里挑一的好叶子。

初冬的阳光，打在它身上，似乎给它上了一层蜡，它变得油光可鉴。我怎么看，怎么觉得它像一个人的肤色。是谁的呢？是在青藏高原上遇见的那个僧人的吗？他静静坐在寺庙前，晒着一捧秋阳。他的脸，像极了这样的一片叶子，一片被上了蜡的叶子。我在看到他的一刹那，奔跑的脚步，自动放慢了。原先雀跃的喧嚷，也自动敛下去了。我看看他，看看他身后的寺庙，他们似乎是一体的。

是在内蒙古草原上遇见的那个牧羊女的吗？她静静坐在山坡上，望着她的牛和羊。她的皮肤似上了釉彩，闪着亮。她的那些牛在默默地吃着草，羊也在默默地吃着草。天是那么高，地是那么广。

我觉得好，又说不出到底哪里好。现在想来，大约是那种宁静，那种安详，再多的岁月波澜，也撼不动的。就像我眼前的这片叶子，寒来的风再吹上一吹，它便要掉了。可是，没关系的，它已享受了这一刻的暖阳，拥有过这一刻的绝色。生命最终走向的，当是属于长长久久的宁静。

动人

今日的天空可圈可点，泡芙般的，挖一大勺吃，大概甜得叫人发颤的吧。

我傍晚就出门了，走了好远的路，沿河。树木堆绿，青草茂密。又一茬合欢绽放，颜色鲜丽，是温柔的好女儿。我踮起脚尖，闻闻它，唤一声，小丫头。

还真的遇到一个小丫头，被清凉的风吹得快活极了。她不知怎么表达她的快活，张着双臂，对着河，“噢噢”叫着。她的奶奶，也许是外婆，在一旁笑话她，这丫头疯掉了，疯掉了。

河里有大轮船，“突突突”喧嚣地驶过。河水在它驶过后，快乐地呻吟。这相遇的刹那，让这条河刻骨铭心。它带来他方的气息，那些日月流转，那些人事沉浮，足够这条河慢慢品咂的了。

桥上的风更大，裹挟着水的清凉扑过来，扑得人一愣一愣的，好幸福。

桥旁有林子幽深。蝉在里面齐声合唱，嘈嘈切切。随便一只小鸟的歌喉，也比它们唱的要动听得多。可人家不在意啊，人家唱着自己的。那份兴高采烈旁若无人的投入，相当具有感染性。我站在桥上听着听着，就笑了起来。这世界真是活泼动人得很哩。

端阳竞渡

端午时路过镇远，适逢人家举办一年一度的龙舟赛。我窃喜不已，暂停行程，留下观看。这白捡来的便宜，不可浪费。

镇远在贵州黔东南，赛龙舟的习俗由来已久。“镇远府，端阳竞渡，府临河水，舟楫便利”，古书上如是记载。

一大早，古街上就闹哄哄起来，四面八方的人潮水般的蜂拥而来。我眼睛不大忙得过来了，看稀奇一样，看那些民族盛装。看女人腮边的两坨胭脂红。看小孩子举着一串糖葫芦，蹦跳。看背着背篓的妇人，背篓里面装着艾粑。看扎玄色头巾的男人，担着担子，一头担着几只鸭子，一头担着酒瓮。苗族的，侗族的，土家族的……我没来到这里之前，这些人统统与我无关。可现在，这些人都与我有关。我们的气息相互交融。我们在同一个天空下，等着看龙舟赛。

流经古城的舞阳河，河面宽阔，上面静泊着几十条龙舟，一律都刷成金黄色，中间宽，两头窄，龙头上系着大红花。锣鼓声起，这里那里，激越昂扬。一河的水，仿佛都被这鼓声激荡得舞动起来。两岸的人越拥越多，比河里的鱼要多得多。

开赛。口号声呐喊声如骤雨落下，红衣服、青衣服、黑衣服、绿衣服、蓝衣服、紫衣服……一队队，在河面上缤纷。一条条龙舟，似离弦之箭，往前射去。又似游鱼，迅速地游走。岸上呼喊加油之声，把天空抬得高高的，淹没了鼓声。我也跟着喊了几声加油。人间有着另一番珍重和欢喜。

依依墟里烟

我妈改造厨房的时候，我弟给她安装了煤气灶和抽油烟机，弄得跟城里的一模一样。我妈却执意要在一旁砌台土灶。她的理由是，地里有那么多的烧锅草啊，不烧，太浪费了。我弟拗不过她，就给砌了个灶台。我妈高高兴兴拿鱼拿肉祭了（新灶台启用的一种仪式），在新灶台上煮饭烧汤。煤气灶成了摆设。

我妈的这个坚持，让我私底下很欢喜。我热爱土灶。土灶上做出的饭菜更可口。哪怕简单地炒个青菜，也比煤气灶上的要好吃得多。盖因燃料的不同，煤气灶上用的是煤气或液化气，而土灶上用的是纯粹的自然之物——麦秸、玉米秸、稻草、茅草、苇……它们带着浓烈的泥土的味道，忠厚老实，勤勤恳恳。更重要的是，土灶可生产炊烟。我喜欢那一缕缕从烟囱里冒出来的炊烟。我不能想象，没有炊烟的乡村的样子。那样的乡村，少了温度和生机。

人类真正的文明，应该是从那一缕缕炊烟开始的。有了炊烟，人类才结束漂泊，过起居家的日子。炊烟里孕育着人类最初的情爱冷暖。《诗经》里有“鸡栖于埘。日之夕矣，羊牛下来”之句，我以为，那是人间最初的样子。滚圆的落日下，鸡回到土墙下的窝里，羊和牛也缓缓地走回家。那留白里，一定有一缕缕炊烟在飘。是它们，牵引着鸡、牛、羊回家的脚步，也牵引着远方游子的脚步。纵使再远的流浪，最终，他也会被一缕炊烟，准确无误地牵回家的。

“暖暖远人村，依依墟里烟。狗吠深巷中，鸡鸣桑树颠。”这是陶渊明的田园，是村庄最美的样子，也是我打小就熟悉的样子。记忆里深刻地印着那样的画卷：夕阳西下，田野里仿佛游曳着无数条彩色的小鱼。鸟雀归巢，喧闹着从头顶上空飞过，它们的翅膀上，驮着夕照的光芒。狗在村口欢叫着。家家的炊烟都升起来了，袅袅婷婷，扶摇直上，向着蜡染的天空飘去。大人呼唤贪玩的小孩子的声音，在炊烟里此起彼伏，二小，回家吃饭睡觉喽。三丫，快点家来啊。我姐还在地里埋头割猪草，我跟我姐说，姐，你看，我们家的烟囱也冒烟了。我姐懂我的意思，她直起身来瞟一眼，说，那，我们也回家吧。我就开心地挎好猪草篮子，顺着炊烟的牵引，回家去。家里的茅檐虽小，可我们也有炊烟可倚，有热热的饭菜在等，再多的艰难困苦，也算不得什么了。

曾看过一个有关炊烟的故事：去沙漠里探险的两个人，在沙漠里迷了路，他们左冲右突了好几天，也没能走出去。当又一个黄昏降临，又饥又渴的他们绝望了，决心放弃挣扎，等着葬身荒漠。这时，一人突然看到一缕炊烟袅袅飘起，在沙漠的一头。他害怕那是幻觉，喊同伴看，同伴揉揉浑浊的眼一看，真的是炊烟哪。他们精神大振，奔着炊烟的方向走去。最终，他们获救了。

我很喜欢这个故事。有炊烟的地方，就有生机，就有活下去的希望。千百年来，人类的延续，其实就是炊烟的延续。倘若有一天，炊烟真的全部消失了，那这个人世间，将是何等的荒凉和寂寞。

回老家去，我爱抢先坐到锅膛门口帮我妈烧火。一把柴火扔进锅膛，一团火就熊熊起来，土灶上立即有了回应，锅里的油“滋滋”响着，菜“滋滋”响着，一捧捧喷香的烟雾，随之腾起。我从草堆里摸出我妈放在那儿的山芋或土豆，扔一个到火堆里去，一会儿拨拉出来，就是一口口热腾腾的香，好吃得我想淌眼泪。这时候，厨房的上空，一缕炊烟正袅袅婷婷，扶摇直上，飘向蜡染的天空去了。我不知道这样的景象还能维持多久，但至少现在它还在，我很珍惜。

秋水悠悠

听巫娜的古筝曲《秋水悠悠》，我的眼前，仿佛晃着一湾秋水，每一滴音符，都似一滴秋水在闪耀。

这湾秋水瘦瘦的，在山涧。如一条飘忽的绿带子，婀娜又轻盈。

我迷上了它的婀娜和轻盈，不由得跟着它走。

它穿石过栏，滴滴流转，专注、深情、寂寥、悠远。春天的事情不去想了，夏天的事情不去想了，它只想着眼下。眼下，这样的秋啊，这样的空阔、寂静、干净和惆怅，多么好！

山上应该长着枇杷树、银杏树、桂花树和黄葛树，涧边应该开着三角梅、一年蓬和小野菊。

不时有落叶跳到水里，焦黄的，火红的，褐色的。秋水没有丝毫犹豫，迅捷揽它们入怀，潺潺地拍打着节奏，轻轻哼着催眠曲，像小母亲在哄睡婴儿。

这幽幽的山涧，住得下所有的风，所有的雨，住得下所有的往昔和未来。

什么也不要再执着了，至少在此刻，让心灵回归自然吧。

我要掐几朵三角梅，再掐几朵一年蓬和小野菊，我要统统把它们插到头上。这个时候，我多想你和我在一起，我多想把这样的宁静、清澈和空灵分享给你。我们可以一整天不用说话，就这么静静坐着，听秋水悠悠。

等到秋水都流走了，秋叶都落尽了，我们一起回家吧。

我想问大自然借幅画

秋天，我想问大自然借幅画。不要多，就一幅好了。

就借一幅稻浪滚滚吧。出城，郊外就有。有稻田百顷，这时节，上面滚着金子。村庄房舍，立在尽头。

就借一幅柿子闹秋吧。苏北人家，家家门口都长着一两棵柿子树，红彤彤的柿子挂在枝头，像燃起一盏盏红灯笼。哪一盏都足够照亮人的心。我不要一树，我只借一两盏。想来这一两盏，没有谁会吝啬的。

就借一幅秋水悠悠吧。我站在一条河边很久了，我一直盯着河水在看。水里面飘着杉树叶、梧桐叶、枫叶、杨树叶，它们多像大大小小的金鱼在游戏。

就借一幅芦苇轻扬吧。我在杉树林边，遇到一渠沟的芦苇，苇花飘扬，如一些小雀在飞。

就借一幅落叶铺就的小径吧。秋天的落叶堪比落红，掉落在小径上，小径上像流淌着一条颜色的河，惊心动魄。

我不大敢去山里借。一眼望去，层林渐染，江山红透，太壮阔了。我怕我的眼睛沉溺在里面，再也出不来。那样的图画还是留给大自然好了。

我不贪的，真的，我只要秋天借我一小幅画就好了。随机挑幅树的图画，也是美的。紫薇、银杏、榆树，或是栾树、枫树、黄栌，哪一个都是通身气派。

实在不行，就借幅秋天的狗尾巴草吧。那缀着金粒子的狗尾巴草，在风中舞蹈。随便剪上一两枝，装在木头画框里，也堪称杰作。

中有万斛香

冬天来了，屋角的一树蜡梅，终于熬出头了。

它的兴奋是显而易见的。

我每天走过它身边，都看到它在欢快地忙碌着。它在结它的花苞苞。它在腌制它的甜和香。萧索的冬天，因它的忙碌，多出一分生动。

一场雪铺天盖地而来。

它似乎就在等着这场雪。它等了一年了。一年的时间里，它默默地，沿着一条羊肠小道，孤独地走着。它在春天里长着它的叶子。它在夏天里丰满着它的叶子。它在秋天里掉着它的叶子。直至，所有的枝条，又变成光秃秃的了。蝶忘了它。蜂忘了它。人的目光也忘了它。它忍耐着，终于等到一场雪了。它把腌制好的甜和香，一勺一勺奉献出来，招待这天上的来客。人间寒冷的心，也跟着沾光，骤然冒出一团快乐的火花，呀呀，蜡梅开了！

是的，它开了。蜜蜡似的花朵儿，缀满枝头。开，开不尽的。黄花朵在白雪的映衬下，如一只只蜡染的蜂，越发显得莹润剔透。横看竖看，正看侧看，都是美。

走过的人，总要停住脚步闻一闻，看一回。人家的屋内，也插上一枝了，满屋都放着香。我想到一首写它的五言绝句：

花房小如许，铜剪黄金涂。
中有万斛香，与君细细输。

小小的一朵，就蓄着万斛香。那这一树的蜡梅，该藏着多少斛的香？可汇成海汇成洋了。

它真能开！

越冷，它开得越是汹涌澎湃。咬牙切齿般的，有股倔劲，不服输。

结果是，它开成了冰天雪地里的唯一，独此一家，独此一香。宋人蔡沈夸它：若论风韵别，桃李亦为奴。

它倒不在乎谁尊谁卑。它在乎的是，一条道走到底，它终于走出它的光明和灿烂来。

十分好月

中秋日。

天是好的，蓝是蓝白是白的，好得叫人感激。

风也是好的，不薄不厚，不热不凉。

空气也是好的，清澈的、清香的、甜蜜的，不腻人。这样的空气，随便舀上一勺，都能当琼浆饮。

鸟雀也是好的，它们蹦跳在一些黄黄绿绿的树上，把原本静止的画面，搅动出一团一团的波澜来。

路上的行人当然也是好的，都在往着一个方向奔，那个方向，是一张团圆的餐桌。桌上摆着的虽还是家常的饭菜，却带着十分的爱意十分的欢喜十分的期盼烹调出来的。家人团聚，饭菜喷香，灯火可亲，这才是中秋这个节日的底色吧。

微信朋友圈里有人说，今日去菜场买菜，人多得恨不得动手抢。因他的这个“抢”字，我暗自发笑了许久。游走在这个人世间，只有扎扎实实的烟火，才是最慰藉人的，也是对这个节日最好的祝福。

那人跟我说起从前事。从前过中秋，家里是买不起月饼的，但节也是要过的呀，就自己烙些饼来充当。白天大人要干活，只能夜里起来烙饼。有一年中秋前夕，凌晨两点，他陪母亲一起起床烙饼。他负责烧火，去屋后的柴垛上捧柴火，一抬头，看到天上一个大大的月亮，正被云一口一口啃着，很快的，啃没了，周遭一片寂静。他呆呆站在那里，望着，直到母亲喊，才回过神来。这景象过去了几十年，他依然记忆犹新。

我听了，真想穿越过去，和那个小小少年一起，看月亮是怎样被云当作大饼，一口一口吞吃了的。

晚上七八点的时候，月亮升起来了。不负所望，是一轮又大又丰腴的月亮。

这样的月亮，可称之为“十分好月”。有十分好月来照，这个中秋堪称完美了。

深谷幽微

贵州多山，连绵起伏，杳然不知多少重。

但我以为，若要游览，只看一座梵净山，也就够了。

梵天净土，历史浩瀚。老早老早之前，这里就是一座圣山、神山，是佛家道场。

我对这些不大深究。那是神的事，不是人的事，人想多了，头大。

我爱看的是自然风貌。

很幸运的，我去的这天，相遇到的天气，是绝美的好天气。天蓝汪汪的，一丝儿云也没有。蓝得我有些担心，怕它的手稍一端不稳，就泼洒下一桶的蓝来，浇我一身。山们却不担心，它们都在蓝里面打过滚的，青绿欲滴。

山是真好看哪。独特的地貌，经时间的风化，那些山峰都如经书一般，层层叠放。盘腿坐上面，随便翻开一页诵读，会是怎样的一种感觉？我这么想时，想得心头一惊。又自在，又寂寞，这种感觉真是奇特呢。

山上的石头多褶皱，仿佛一个苍老人的皮肤。每一道褶皱里，都蓄养着年深日久的一些故事。小草小花们，在里面生生世世。我弯腰拍一簇黄花，再拍一簇紫花。路过的一老者，站我旁边笑微微地看我拍，说，这黄的叫金瓜儿。这紫的叫龙头草。

您都认识？我惊讶。

我当然认识，我天天在这山里头，老者不无骄傲。他是养护山林的人，祖祖辈辈都住在这里。

问他，这座山哪里最好看？

他答得妙，哪里都好看。这草不好看吗？这花儿不好看吗？这树不好看吗？说完，也不等我回答，甩着两臂，笑微微地走了。

我怔怔看着他的背影，良久。

游人们争着去攀红云金顶。人多，好多人都被堵在半道上了，上不能上，下不得下。仰头望去，那些人像些小壁虎，挤挤挨挨被悬挂在峭壁上，好尴尬呀。我不去爬，何必去添堵呢？我独自穿行于山谷中，看千奇百怪的石头，听古老的树木唱歌。深谷幽微，清风送绿，实在叫人感激啊。

雪水云绿

雪水云绿是一款茶的名字，产地：桐庐山区。

我偶然间识得这款茶，实在被它的名字给惊艳到了。雪水配云绿，就像青瓷瓶里插白莲，是往雅里头雅了去的。

还带着一股子的仙气。

是呢，它骨子里本就浸着仙气——地上的水羽化成仙，方才有了雪，有了云。

历来修仙的路，都是曲折盘旋无法至达的。白蛇苦修了千年，也才修得个人形，离成仙还远着呢。地上的水若要修炼成雪，该历经多少的磨难呢？最后，好不容易得道成仙了，却发现天庭的寂寞难耐，怀念起从前在世间做水时的自由和快乐，故又千方百计下凡来，上演出一场人世清欢。

于是，有了陆龟蒙的“闲来松间坐，看煮松上雪”。大雪过后，松林染白，层层叠叠，如琉璃白塔。这个时候一边赏雪，一边煮雪，实乃人间乐事。

于是，有了白居易的“冷咏霜毛句，闲尝雪水茶”和“融雪煎香茗，调酥煮乳糜”，吟诗、香茗、乳糜，闲情几许，都靠一壶雪水温着呢。

于是，有了苏东坡的雪水烹小团茶，他品着雪水茶，欢喜地写下诗句“空花落尽酒倾缸，日上山融雪涨江。红焙浅瓯新火活，龙团小碾斗晴窗”，一江的雪水，有得烹呢，且慢慢享用着吧。

于是，有了大观园里，妙玉私下款待黛玉、宝钗的体己茶——梅花雪水茶。那可是她五年前收集的梅花上的雪，统共才得了一鬼脸青的花瓮一瓮，藏宝似的埋在地下，一直舍不得喝。

这样好的雪水，倘若换成云绿来配呢，又该是怎样一般好滋味？林黛玉当不会出现味觉上的失误，脱口问出：“这也是旧年的雨水？”遭妙玉一顿戏谑：“你这么个人，竟是个大俗人，连水也尝不出来。”这产自崇山峻岭中的茶，常年被云雾漫着、浸着、泡着、炝着，吸尽天地之精华，本身就带着雪水的清香。当它一朝与雪水相逢，便在人们的舌尖上，演绎出了一段绝世风情。好水配好茶，也是棋逢对手将遇良才呢，是双双成全的一件好事。

大地在分娩

晨起出门，有雾。薄薄的，蚕丝般飘拂着。几树梅花掩映在薄雾中，身姿更显俏丽曼妙。我停下来，多看了好几眼，看得心情激荡。似乎有什么好事情要发生了。

一只鸟，从一棵合欢树上，飞到一棵栾树上。又“唰”地一下，俯冲到一块草地上去了。它一定是在散布着什么好消息。

是什么好消息呢?

我又仰头去看楼旁的那棵玉兰树。它站在这里十几个春秋了，算是小区的老居民了。它应该认识这里的鸟，这里的猫，和偶尔趁人不备，偷偷溜下来玩耍的云朵。当然，还有天天走过这里的人——我这么想着的时候，很愉快。

一月里玉兰树在睡觉。二月里它还在睡觉。三月里，它的枝头起了微妙的变化——它扭起腰来，它踢起腿来，它又伸展起胳膊来。我知道它养着一些“小鸽子”的，等着献给春天。

这不，今天我再看它，它的枝头，已赫然竖着狼毫一般的花苞苞。每一个花苞苞里，都豢养着一只“小鸽子”。只需再等个十天八天的，这些“小鸽子”都将陆续地破壳而出。届时，它将扛着一树的“小白鸽”，像个贩卖鸽子的。

大地在分娩——我想写诗了，于是写下这一句。它的孩子叫春天——我接着写。

我傻乎乎的，独自在这棵玉兰树旁徘徊了许久。这样一个薄雾飘着的清晨，也顶顶叫我欢喜和感激呢。

个园

到扬州，个园是必去的一个地方。

园子的原主人，是清嘉庆年间的一个盐商，名叫黄至筠。黄老板虽是一介商人，文化修为却极高，能吟会诵，能书能画，风雅有趣，酷爱竹。他搜集了许多品种的竹子，特地造了个大园子来豢养它们。他从诗人袁枚吟出的一副对联“月映竹成千个字，霜高梅孕一身花”中，撷取到一枚竹叶——“个”，得园名“个园”。

秋月冬霜，各自成趣。尤其是在月下赏竹更得意趣，每一片竹叶看上去，都像是用楷笔书写的一个“个”字，在月色里朦胧。这么多“个”字蓊蓊郁郁簇成的园子，只此一家。所以，个园的成名，固然有一部分是因园子构造的精巧，然更大程度上，应得益于园名叫得好，太具个性化了。

去园中，自然是要赏竹的。那里汇聚了世上知名之竹六十多种，两万竿之多，像龟甲竹、斑竹、金镶玉竹、玉镶金竹、慈孝竹、铺地竹等等，风姿不一。黄老板为搜全这些品种，是很费了一番工夫的，不是真爱，怕是做不到。倘若苏东坡能穿越而至，到得这园中来，在竹海中流连，遇到黄老板，两个人会不会引为知音？因了这满园的竹，一定要浮一大白——有趣的灵魂，是很容易相互吸引的。

个园里除了竹多，石头也多，都是很有来历的一些石头，诸如笋石、太湖石、黄石、竹石、雪石等等。导游张嘴就来，背书一般的，背出每块石头的来历和特定的寓意。小小院落里，用不同的石头垒出假山来。垒出池塘来。垒出曲径通幽九曲回肠来。垒出四季来，春景艳冶，夏景苍翠，秋景明净，冬景惨淡。

个园里还有楼叫丛书楼、抱山楼。有廊叫觅句廊。有阁叫住秋阁。有轩叫宜雨轩。有亭叫清漪亭。这些名字占尽风雅。只是时间最是无情，多少的风雅，也被风吹雨打去。二百年间，个园多次易主，黄家后人不知所踪。

白露来了

白露的天，真是好。云朵挺像新摘下来的蔬菜，一朵一朵洗净了，摆在蓝瓷盘子里，等着谁来烹炒。

我上午出门，很是赏了一通这满天空的“蔬菜”，而后才感到，风的确是有些凉了。遂转身回家，在裙装外头，套一件长衫。再走出门，我与秋天，便很般配了。

无主的小猫，养得肥胖溜圆的。它蹲在一棵桂花树下，冲我友好地看着。我喂过它香肠的，喂过它虾壳的，它一定记得。我跟它招招手，笑笑。那棵桂花树，快开花了。一场香喷喷的盛宴，已在紧锣密鼓的准备中。万物各归其位，静等着开席吧。

栾树的金灿灿，也就这两天的事。似乎听到哪里“唰”的一声，树顶上都插上了黄旗帜。那是一片镶了金的招摇的旗帜，盛大的庆功宴就要开场。庆什么呢？稻谷丰收，果实飘香。我等着它挂红灯笼的，那才叫一片欢腾呢。

它的果实一旦红起来，盖过这世上最红的灯笼。

白露来了。

虫子们一定听到她的脚步声了，轻轻的，静静的，一颗心多么温柔。花和叶子们也都知道她来了，她的吻，白如霜花。

不一样了，天和地，都因她起着变化，开始换着模样。橙黄橘绿，层林渐染，江山一时间风骚不已。

还有，别离的笙歌，也慢慢吹响序曲。

也不惆怅。惆怅什么呢？世上有别才有聚，有衰亡才有新生，有愿景才有期待。“明月出云崖，皦皦流素光”，天明水净，又一番好风光的，你且慢慢享用着吧。

此生所望

每个小孩，在成长途中，都会被大人赋予种种期许。我小时候，我爸特想我长大后，能当个医生。他说，当个医生吃香啊，吃五谷杂粮的谁不会生病？都要求着医生的。

老街上有医生姓方，白白胖胖的，我爸跟他熟。我爸是怎么跟他熟的我不知，总之呢，家里人生了病，我爸头一个想到的，就是老街上的方医生。他说，去老街上找方医生看看吧。弄得一家老小个个都对方医生很熟了，且无限崇敬着，但凡地里有什么时新蔬菜，总要想着方医生。家里新打了粮食，也总会让我爸给方医生送点去。

方医生每回见到我们家的人都很高兴，对我们小孩子也客气也温和，为我们看病，更是尽心尽力。有一次我去看病，他还塞给我一只撒满芝麻粒的脆饼。我舍不得吃，紧紧攥手上，攥了三十里路到家，手心里汗渍渍的。我爸就说，你要好好读书，将来当医生了，脆饼多得吃不掉的。说完，他好像嫌脆饼的诱惑力对我还不够大，又进一步道，方医生天天早上都喝牛奶吃鸡蛋的。

这实在让我心动。那个时候，作为乡下孩子的我，是没见过牛奶的，更遑论喝了。鸡蛋是珍贵的，家里是要积攒着换油盐酱醋的。我就立志要做个医生了，常常捉了我家的猫，做些给它听诊的事。

然这个梦想并没有持续多久，我迅速地转入到另一种热爱中去，我要做个挑货郎。吾乡人把挑货郎称作挑洋火（洋火也就是火柴，那时，家家掌灯做饭，少不得要用火柴的）担的。之所以这么叫，是因为挑货郎的担子上，有洋火卖。我不稀罕洋火，我稀罕的是麦芽糖，还有红红绿绿的玻璃球、彩色的发箍和扎头绳。有时还会出现小圆镜子、小风车和万花筒等等的玩意儿。在八九岁的孩子眼里，挑货郎的肩上，挑着的绝对是一座宝藏。

挑货郎每次出现，都是伴随着一阵悦耳的铜锣声，当，当，当，一步一步款款而来，我们小孩的心被敲飞了。我们飞也似的奔回家，把旮旮旯旯里的破烂都翻出来了，拿到货郎担上换麦芽糖吃，换彩色的玻璃球，换扎头绳。当一小块麦芽糖，像小蛾子似的躺在我的掌心，我很珍惜地伸出舌头舔了舔，甜蜜的滋味，立即满嘴荡漾开来，我就在心里暗暗立下一个誓言：长大了，我也要做个挑货郎，天天挑着一肩的宝贝，晃晃荡荡走在路上，我想吃麦芽糖了，就敲下一大块来吃。

后来，村子里来了马戏团。走钢丝的女孩年龄跟我差不多大，她穿红绸衣绿绸裤，在钢丝上耍杂技，如一朵荷花盛开。惹得村人们叫好声一片，手掌都拍红了。我羡慕女孩的红绸衣绿绸裤，也羡慕她的好看和轻盈。我想进马戏团，做一个耍杂技的。为此我着魔了好一阵子，有事没事都在家练倒立，练前滚翻后滚翻。大人们拿我寻开心，天天问我，你什么时候去马戏团呀。

四年级的时候，老师布置了一篇作文，题目是《我的理想》。我的同学都写要当科学家，再不济也是做个老师或医生。我写的是要做个裁缝。那时，我已淡了要进马戏团的梦，转而热衷于裁裁剪剪，把一块碎布，拼成帕子，或缝出一只口袋来。

村子里有一裁缝，是一刘姓的女人，她腿脚不好，成天在屋子里焐着，脸皮儿白白嫩嫩的，漂亮得很，是我崇拜的对象。我上学放学，都要路过她家门口，她不是在案板前裁剪，就是低头在踩缝纫机，身上仿佛罩着光。

我念中学后，把做裁缝的梦丢了，狂热地爱上读书。那时家里不富裕，很少有闲钱给我买书，我就特羡慕拥有很多书的人。老街上有家新华书店，我每回去老街，都直奔那里去。新华书店的店员，便成了我仰慕的对象，他们拥有一屋子的书啊。我就有了个秘密的梦想，将来，我也要成为新华书店的店员。

这期间，我还热爱上画画，萌生过要做个画家的梦。我临摹了很多的仕女图，我同学的课本上，没少留下过我的大作。但这种种的梦想，后来都被一件事所取代了，就是写作。我太爱写了，一握起笔，一颗心立马就静了。从初中起，我每天都会写上几行，一路把文字写下来了。不管其间历过多少艰难，我从未想过放弃，文字养育了我，我也养育了它，我们已经不分彼此。我想，余生我绝不会背弃它，它也不会背弃我，我们就这样过着，很好了。

人生其实有多种可能性，最后你活成什么样子，在于你终找到了适合你的，并坚持了下来。

洗澡

过年时，我们都要被大人们按到澡桶里，泡着搓着，把身上的一层“黑皮”搓掉的。

之前的一整个冬天，我们几乎都不洗澡。

我们的衣领、衣襟、袖口上，黑乎乎的，硬邦邦的，冒着油光。一个冬天的烟和尘，都积聚在上面。

没有人觉得脏。家家户户的孩子，都是这个样子。我们吸溜着青青的鼻涕，在寒风里奔跑，手举一根竹竿，竹竿上挑一块破塑料纸，充当一面旗帜。我们也不知奔向哪里去，就像鸟不知飞向哪里去，但它们就是喜欢飞。飞翔本身对于鸟们来说，就是一种实实在在的快乐。我们奔跑，我们快乐。

我们也去河里玩冰。真是搞不懂，那个时候，河里的冰怎么会那么厚呢！真厚，跟砖块一样厚。我们拿泥团砸，砸不开。每次大人们去河里担水，都拿扁担在上面敲，乒乒乓乓，乒乒乓乓，声音能传出好几里远，冰碴子如碎玻璃似的，乱蹦乱跳。最后，他们成功地敲出一方圆圆的洞来，水黑黝黝的，在下面荡着，鱼也躲在下面。我们趁机去捡那些碎冰块，拿在手里玩。现在想想，那有什么好玩的，还那么冷！可是，当时就是觉得好玩。

大锅下架着木柴，水一锅一锅地烧。滚烫的水啊！厨房里全是蒸腾的水汽。人跑进去，像跑进一堆暖雾里，身形影影绰绰。太阳照到堂屋正中央了，澡桶就在那一圈阳光里搁着，塑料纸的浴帐撑起来，家里人一个一个轮着洗，热水一桶一桶提过来，边洗边加。然，还是冷。尤其是浴帐上的蒸汽变凉，凝成一颗一颗水珠滑落在身上，热身子会一个激灵，打着冷颤，啊，冷啊。

但澡，是一定要洗的。不洗怎么过年呢？这成了我们的苦恼。

有一年，还没进腊月，村子里居然有人建澡堂，全村人都跑去看稀奇。是一个三四十岁的光棍起头建的。他在自家的屋子里，用砖头砌出一方大池子来，池子通到锅膛那儿，可放柴火烧。他捧了一堆柴火烧啊烧啊，池子里的水，慢慢就冒热气了。各家送了柴火去烧，这澡堂也就开张了。男人们高兴得很，相约着，去澡堂泡澡啊。我爸我爷爷，也都带了毛巾去泡过，回家来，脸上红光满面的，像喝醉了酒。舒坦——，他们用了这么个词，来说这次洗澡的感受。里面热得人直冒汗，池子里跟下饺子似的，那水啊，都浑得像一锅黄汤了，我爸笑着告诉我妈。

女人们还得在自家洗。女人们便特别羡慕男人们，可以进澡堂子。但据说，蔡恒的大姑娘去洗过了。光棍特地为她烧了一池子清清亮亮的水，专门接待她一个人。又据说，光棍起意建这个澡堂，就是为了蔡家大姑娘过年的时候，好痛痛快快洗个澡。光棍看上蔡家大姑娘了。

一大池子的水，被一个女人先洗了，男人们想想就不舒服。但最后，男人们还是拥到澡堂里去了。水有什么不干净的呢？他们一个个，还不是泡掉一年的污垢，让身上的每个毛孔都透着亮。

他们舒服地走在回家的路上，像行走着的一群庄稼。清洗过的身子，带着肥皂的香气，多好闻啊。新年也就亮晶晶香喷喷地来了。

折得一两枝蜡梅

一到年关脚下，一个村庄都欣欣然的，家家置办年货，户户蒸馒头蒸年糕，杀猪宰羊，捞鱼摸虾，村庄上空炊烟不绝，袅袅复袅袅，整日整夜的。

小孩子们也忙得很，要清扫屋子，要擦洗柜子桌子椅子，连同屋内所有物件。还要给墙上贴上年画，给门上贴上对联，给窗户贴上窗花和喜钱。一切忙碌就绪，看看干净整洁的家，总觉得还少了什么。是了，差两瓶花呢。遂跑出去找，天寒地冻里，折得一两枝蜡梅，或是寻得几朵顽强的小野菊，那是顶顶叫人快乐的。我们高举着花蹦跳着回来，找两只玻璃瓶插了，摆在家神柜上，一个家，刹那间变得绚丽起来。家里的小猫小狗也跟着忙乱，跳进跳出的。小鸡小羊也跟着忙乱，咯咯咯咩咩咩地叫唤，兴奋得不得了。

除夕也就到了。年夜饭的丰盛是不必说的，桌上必有几道菜，鱼不可少，年年有余。炒猪血不可少，吃了会气血旺盛。芋头羹是必须有的，出门会遇好人。

一夜的鞭炮响个不停，这里，那里，仿佛一个世界都处在狂欢中。我们囫囵睡一觉，醒来，天才蒙蒙亮。精神却处于高度亢奋中，一点儿也不感到疲惫，我们侧耳倾听着外面的鞭炮声，只盼着天光大亮。

天光也终于大亮了，家里的主心骨——我爸起床了。女人们这天清晨是可以懒惰一会儿的，由男人去开门做饭。待听到大门吱呀开了，门口的爆竹跟着噼噼啪啪响起来，我们兄妹就像得到指令似的，赶紧起床，一边拿起昨晚就搁在枕边的云片糕，塞一片到嘴里，这才可以开口说话。兄妹间互道新年好，说些祝福的话。给长辈拜年，说些恭喜发财恭喜长寿之类的吉祥话。大人们之间也互相客气敬重起来，老老实实恭贺新年。

一通祝福完毕，我们兄妹几个飞跑出门，速速去草堆上抱柴火，喻为“涨火”。有旺旺的柴火，以后的日子才能红红火火。那时，家家为柴火所愁，捡柴草是我们孩子的日常功课。夕阳下，背着草篓草耙的孩子，像一只只鸵鸟，走在田埂上，成为当时村庄固定的一景。

我们又速速去河里提上一桶水来，倒入家里的水缸中，喻为“涨水”。水是生命之源，我的乡人们对水的敬畏、尊重和热爱，发自肺腑。

好了，火备得足足的，水备得足足的，年糕在锅上蒸着，汤圆在锅里煮着，唱道情的舞龙灯的快到家门口了。新的一年，就这么丰厚地开启了。

NO.3

所谓活着

所谓活着，是窗外的树，在四季里静静生长。是天上的云，恰如一艘艘小船划过。

消失的竹林

老家的竹林，连同一幢旧房子，还有猪圈、羊圈，都被夷为平地了。

我很难过。住在上面的那些雀，找不到家了。我也跟那些雀一样的，找不到家了。

打我有记忆起，这片竹林就在。它成天墨绿墨绿的，蓬勃在厨房后头，冬天也不凋败。

它是我爷爷栽种的。当年他们兄弟四个分了家，他带着全部家当，迁徙到一片荒地里垦荒，搭了三间草房，在屋后头栽下几根竹子。就那几根竹子，后来蹿长成一片茂密的竹林，成了我家的特殊标签。方圆几公里的地方，只要提到长竹子的那一家，都知道是指我家。三四岁时，我曾走失过一回，我一说我家屋后长了竹子，围观的人就一拍大腿，啊，是他家的丫头呀。我很快被送回了家。

我们兄妹都是在竹林里长大的。竹林是麻雀的乐园，是虫子的乐园，是猫狗的乐园，也是我们的。我们在里面玩耍，我们在里面读书。上学后，我的大多数作业是在竹林里完成的。我的许多书，是在竹林里看完的。我少年的日记，多数也是在竹林里写出来的。我的欢喜和伤心，那片竹子都知道。

夏天最热闹了，全家人都在里面乘凉。餐桌是摆在竹林里的，草席是铺在竹林里的。我们在里面吃饭，在里面睡午觉。邻居们来玩，也都跑到我家竹林里，倚着一棵竹子，聊东话西的。竹影的光斑，绿绿的在人的脸上荡，在人的身上荡，荡出一片静好和清凉来。知了的叫声，拉锯子似的，在头顶上吱呀吱呀的，但我们并不觉得它们吵，彼此相安无事着。

春天也是好的，竹林里冒出许多竹笋来。有时我们在锅膛口烧火，伸手去抓草，突然抓到一颗竹笋。它竟穿墙而过，从草堆里钻出来。咦，送来的美食啊。赶紧挖了，剥去外皮，嫩白的笋芯就露出来。切成丝，炒韭菜吃，又鲜又嫩，我们能多吃两碗饭。

竹子易生长，总也砍不完的样子。家里缺个篮子筐子的，一点都不用烦恼，请来篾匠，自去屋后挑两根竹子砍了，削成一片片篾子，篮子便有了，筐子便有了。它还可编成竹椅竹榻什么的。我们小孩子玩的小玩意儿，也都用竹子来编。我最喜欢砍一段竹子，做个笔筒。那片竹林，也没少帮我家结下好人缘，哪家缺个篮子少个筐子的，只要来我家说一声。好吧，去屋后挑两根竹子吧，我奶奶会这么说。日后我们家有个什么事，大家也都愿意前来帮忙。

我喜欢听雨落在竹叶上的沙沙声；我喜欢看月亮被竹子们顶在头上；我喜欢看晚霞染红了竹林；我喜欢听雀儿们在竹林里吵吵闹闹。小时家里养的一只小黑猫，也是顶喜欢那片竹林的。我在竹林里写字，它蜷在我脚边，并不安分，一会儿就爬到竹梢头去了，它想捉住在上面欢跳的小雀。邻居的狗也喜欢我家的竹林，能待在里面，一睡就是大半天。

我姐曾说我，小时你一受委屈了，就站到屋后头，对着竹林哭。她好笑地问我，为什么你那时喜欢朝着竹子哭？我模糊记得有这么回事，却想不明白我小时的行为。大约日日与竹子亲着，我已把它当作朋友了，只不自知罢了。

现在这片竹林，却无可挽回地消失了。村里派人来把它夷为平地时，我爸没有舍不得。他就站在一旁看着，他说，留着做什么用呢？这两年，他舍了很多东西，家里的一些老物件，被他随手卖给收荒货的。有几件都是老古董，是我爷爷的爷爷传下来的。我心疼得不得了，他却没有丝毫惋惜，说，留着有什么用呢？

我说，爸，那些麻雀找不到家了。

我爸喃喃道，没事的，它们总归找到另一个地方过下去的。

心下恻然。我爸自从体外挂了尿袋，身体每况愈下，他与这个世界，渐渐地变得“淡漠”起来，他不再用力地想握住什么，而是不断地松手，松手，再松手，他不要给我们留下一点念想，徒增我们的伤感——这大概是他的爱，能为我们做的最后的事了。

一朵会说话的云

遇到了一堆好看的云，我干脆在路边坐下来，不忙着赶路了。

天空湛蓝湛蓝的。云浮在上头，像浮着一群白鹭。我似乎听到它们扇动翅膀的声音，唼唼唼的，如小鱼戏水。

近些年，小城的生态环境好起来，每日黄昏散步，我都会在通榆河畔遇到一些白鹭。它们像从天空中落下的白云朵，低低地掠过水面，水面上银光四溅。

还常见一种灰色水鸟，我叫不上名字。它们有灰鸽子那么大，顶是好玩，飞累了，会站到插在浅水里的一根竹竿上休息。那竹竿，可能是渔夫用来扯网拦鱼的。灰鸟站上去，细细的竹竿上，便像扣上了一顶帽子。这“帽子”能好长时间一动不动，只盯着一角天空看，像极了发着呆的一个人。

这个人是个哑巴。哑巴的名字叫啥，我们不知，大家都叫他哑巴。他干瘦干瘦的，长马脸，小眼睛，阔唇，额角和颊旁，卧着几道紫红的疤痕。听大人们说，他二十多岁流落到我们村，睡在牛屋里。后来，村人们就让他在牛屋里住了下来。我记事时，他已是个五六十岁的老头了，管着村子里的四头大黄牛。

我们小孩莫名其妙怕着他。经过他的牛屋，都远远绕开去，好像里头住着的不是他和牛，而是说不上的怕人的东西。有时家里小孩不听话了，大人就会威胁，再不听话，就把你送给哑巴。正哭闹着的小孩，一听这话，立即抽抽噎噎住了嘴。

却常会在一条沟旁遇到他。那里有一块草地，他坐在那里，望天，像一尊泥塑的菩萨。四条大黄牛在他身旁喷着响鼻，吃着草。我们几个孩子本是喧闹追逐着的，看到他，一下子噤了声。他突然收回目光，转过脸来，咧嘴冲我们笑了一笑，脸上的疤痕，跟着他的笑抽搐了一下。我们吓得四下跑开，直到站得老远了，才敢回头再看，见他又仰头望着天，一动不动的。我们便也抬头看一眼天，天上的白云朵真多，那里似乎有个很大很大的牧场，放养着成群成群的羊。

冬天的时候，牛屋后的河面上，结了一层冰。有小孩在冰上玩耍，掉河里去了。哑巴正好过去提水，看见，当即扔了水桶，跳下去救那孩子。却没能救上孩子来，他自己也被水吞没了。村人们把他们打捞上来时，哑巴的手，还紧紧攥着孩子棉衣的一角。

村人们很隆重地给哑巴办了后事，把他和孩子葬在一起。不久后，牛屋里又住了别的人进去，是个我们叫他二爷爷的人。二爷爷有个孙子和我一般大，一次，他领我们去牛屋玩。那间曾让我们又恐惧又好奇的牛屋里面，只是一些简单的陈设，一锅一灶，一床一桌。泥糊的墙上，却贴着些画作，纸张不一，大小不一，有的是包月饼用的牛皮纸，有的是记账用剩下的材料纸，还有我们孩子习字用的仿纸。每一张纸上，都画着村庄、天空和白云朵。那些白云朵看上去，很欢快，载歌载舞的。

二爷爷的孙子用神秘的语气低低告诉我们，这是哑巴画的。我们一时间怔住，盯着那些画作，久久没有说话。

那日，我们经过哑巴的坟墓，都停下来，看了看。又不由抬头看了会儿天，想哑巴或许变成天上的一朵云了。一朵会说话的云。

这会儿，我看着这堆白鹭似的云，想到哑巴。又想起生命中逝去的那些人，他们，也都变成云了吧。

夜饭花

我想说说一个沈姓远房伯母的故事。

我在楼顶的露台上种花的时候，想到她。我买了许多花种子，撒下一把，再撒下一把。我想不久之后，它们会开出格桑花、桔梗、康乃馨、太阳花、波斯菊来。蝴蝶会来吧？蜜蜂会来吧？鸟儿一天会光顾多少回呢？有客人来，我会把他们领到楼顶上，来看我的花。这是我对他们最好的招待了。

我还特地种了一些夜饭花。夜饭花的种子，颇似六神丸。沈姓伯母爱长这种花。乡村人家对土地宝贝得很，巴掌大的地方也要种上蔬菜种上庄稼，这个伯母却开辟出好大一块地，专门长花。她家屋前是花，屋后也是花。夜饭花倚墙长着，蓬蓬勃勃一大堆，很兴旺发达的样子。一到傍晚它就开花，守时得很。花朵小巧迷人，如雀儿张开粉嫩的小嘴巴，玫粉的，鹅黄的，清丽丽的。一只只小雀粉粉的嘴巴，就那么天真烂漫地张着，似叽叽喳喳在叫唤，热闹得很。伯母说，这是夜饭花呀。伯母是用方言说的，轻轻柔柔的，听起来更像是“丫饭花”。我很喜欢听伯母叫它“丫饭花”，一听就喜欢上的。它有学名叫胭脂花、紫茉莉，但哪有“丫饭花”更跟人亲，渗着小丫头的机灵，和尘世的饭菜之香。

伯母不美，矮小，脸狭长，有点龅牙。但她站在一簇簇姹紫嫣红的花跟前，举止和神态有着别样的动人，温温和和干干净净的，与一般的乡村女性有着很大的不同。

我第一次见她，是在我念初中的那年夏天。在那之前，我们家与他们家少有往来，我只约略知道有这么一户远房本家，住在一个叫五里屯的地方。

这个伯母从小失恃，后又失怙，跟了哥嫂，很是吃了一些苦。二十岁那年，哥嫂贪图一四十多岁男人的钱财，要她嫁过去做填房。她逃了出来，遇到我的远房伯父，伯父当时正挑着副豆腐担子，沿街叫卖。她饿得慌，却又不好意思讨要，跟着伯父的豆腐担子走，走了几条巷子下来，伯父动了恻隐之心，主动盛了两块豆腐给她。她吃完，就要跟着伯父回家，说要帮他家磨豆腐，来抵这两块豆腐的钱。伯父那时穷啊，和寡母一起，靠着这副豆腐担子过活，他不想给穷家里添负担。但等伯母抽抽泣泣把自己的遭遇说给他听后，他很同情，就带她回家了，后来他们结了婚。亲戚们笑话说，这个媳妇是用两块豆腐娶回来的。

伯母只生一子，再无所出。一子乳名唤作豆子，长相酷似伯母。我听到亲戚们谈论她时，伯父故去，堂哥豆子已长大成人，娶了亲。

攀的是一门好亲，娶的是村支书的女儿。伯母喜得天天烧香拜佛，甘愿为这个媳妇端茶倒水洗衣做饭。

哎呀，连媳妇经期换下的脏衣服她都洗，哪有做婆婆的这样伏低做小巴结媳妇的？亲戚们说起这个，又是气恼又是鄙夷。

媳妇却不断生事。她跟豆子结婚，完全是迫于做村支书的父亲的压力。她父亲看上豆子，说豆子是个有文化的人，并让豆子做了村小学的代课老师。她从头到尾就没瞧上豆子，她嫌豆子长得丑，也嫌豆子家穷，婚后两天一小吵，三天一大闹，最后竟跟人私奔，带走了由伯母一手捧大的六岁的小孙子。

豆子离了婚，孩子判给了媳妇。到这时，伯母才知，被她当心肝宝贝疼爱着的小孙子，是媳妇跟人私通生下的。

豆子经此打击，发愤图强，考上了大学，那是刚恢复高考后不久的事。那个时候，乡村能出个大学生是凤毛麟角的，镇长亲自上门祝贺。伯母成了大学生的母亲，荣耀加身。亲戚们一个一个的，蜂拥到她门上。她不曾摆过架子，无论是穷的富的远的近的，谁去，都热情招待，这在亲戚间赢得了极好的口碑。

我上初中时，堂哥豆子又娶妻生子，在南方的大都市里辉煌着。亲戚们当他是神一样的存在，说起他，无一不充满仰慕和崇敬。我爸很希望我能踩着这个堂哥的脚印，一步一步，走向人生的制高点。为此，他特地带我去拜访这个伯母。也就是在那一天，我第一次见到伯母，看到她家屋前屋后的那些花。我对花十分喜欢，绕着花们又看又闻的，给伯母留下非常深的印象。临走时，她送我一些花种子，并答应我爸，让豆子给我写信。

我与堂哥豆子通过几封信，与这个伯母的关系日益亲近。我后来考上大学，她亲自买了礼物来贺。我大学毕业，分到一所偏僻的乡下中学教书，那儿条件简陋，时光孤寂。她骑车去看我，给我带去一些花种子，嘱我种在宿舍门口，其中就有夜饭花。

等花都开出来了，这里就变漂亮了，她微笑着说。

我成家后，与她还时有往来。有一次，她到我家，悄悄告诉我，她原先的那个孙子来找她了，她一看见那孩子就哭了。好些年不见，他都长这么高了，我差点都没认出来，她比画着我家的门框说。

原先的媳妇重组家庭后，日子过得并不好，这孩子跟着后面受了不少苦。高中毕业后，这孩子大学没考上，就来投奔她了。她很想豆子能认下这孩子，豆子却一口回绝。豆子说，我有自己亲生的儿子。伯母很伤心，她说，他虽是别人生的，可毕竟，他叫了我六年的奶奶啊，我舍不得啊。

她瞒着豆子，偷偷接济这孩子。又花钱送这孩子去学装潢。这孩子学成后，帮伯母把老房子装潢一新。伯母喜孜孜地住进装潢一新的老房子里，一觉睡过去，再未醒过来。享年 85 岁。

我去送她。见到她原先的孙子，和堂哥豆子一家，披麻戴孝守在灵前。老房子的屋前屋后，依然有花开沸沸，亦如多年前我初次见到时一样。

这是一个平凡人的一生，像一滴雨一样的，落下，又消失了。但是，总能润泽到一些什么。就像我看到一些花，会猛然想起她。她站在一簇一簇的夜饭花跟前，微微笑着的样子，真是又温暖又干净。我的心变得濡濡的，像被一滴雨抚到。

路遇

那人去买菜。

路上遇见一男人，推着一辆自行车，车后面装着一篓青橘。

这本是很寻常的路遇，却让他上了心。原因在于那个男人。

男人说不上年纪，大约五十多，也许六十多，瘦弱得能数得见他身上的肋骨有多少根。单单瘦弱也还罢了，偏驼着腰，腰弯如弓。与其说是他推着自行车，莫若说是自行车做了他的支撑，支撑着他的大半个身子。

男人埋着头弓着腰，匍匐在自行车上，嘴里咕咕咙咙叫卖着，绿橘子，绿橘子，绿橘子。他就这样缓缓走在大街上，像一片秋天飘着的落叶，没有多少人留意。

他一天能卖出多少青橘呢？不知。然不管能卖出多少青橘，他的一天，都要奔波在路上。

那人叹，大家都是人，人与人，这么不同。

是啊，人与人，多么不同。有的生于华室。有的诞生荒野。有的养尊处优。有的贫病交加。

这世上，还有多少人，只是为了简单的生存，就要拼尽全力？

你轻易拥有的，也许是别人穷其一生，也不能够得到的。

所以，珍惜吧，珍惜那个为你遮风挡雨的屋檐。珍惜桌上冒着热气的饭菜。珍惜你手中那份平凡的工作，它虽不显贵，却能保你温饱。珍惜一直在你身边陪伴着的那个人。珍惜这个寻常的夜晚，它有星星，有露珠，有清风，有虫鸣。

你拥有的这一些，有时并不是因为你有多么好，很大程度上，靠的是运气。倘若你不懂得珍惜，你的好运，也就慢慢地，从你的身边溜走了。

王维六

我不认识王维六。

我“知道”他，缘于他的一个学生R。

R五十开外了，说起他的这个老师时，脸部硬朗的表情，立即变得柔和了，双手交叉地搁在下巴下，盯住一处虚空，眼神迷离。

怎么说我这个老师呢，他吧，就是一个好人，R这么轻轻念叨着，脸上漾起水草般的笑来。有好一刻，R没再说话，完全沉溺到他的回忆中。

偏远的乡镇中学，R在那里念初中。一个年级三个班，被划分为甲、乙、丙三个等级。成绩好的学生上甲班。次等的，上乙班。剩下的，都归到丙班去。丙班汇聚了全校最差的学生，像一块难看的补丁似的，谁都嫌弃。

那个时候吧，我成绩不好，自然也被划到丙班了，R有些不好意思地说。

我心里特自卑，每次去上学，都如同去受刑，我越来越不爱学习。我们丙班其他同学，也都越来越不爱学习。老师在讲台上讲，我们在底下起哄，闹得很多课都没法上下去。老师对我们可厌恶了，从来没有好脸色，说我们是坏木头漂一块了。我们干脆坏下去，不是逃课，就是打架。

后来吧，学校就派了王维六来接管我们班。

王维六是教语文的。我们起初根本没把他放眼里，一个貌不惊人的小老头嘛，嘴巴还有点歪，一说话，半边脸就抽搐起来。我们在课堂上嘲弄地冲他吹起口哨，想着，用不了几天，他准会落荒而逃。

谁能想到呢，他竟不恼，笑眯眯地看着我们，就那么一直地看呀看的，看了大半节课，看得我们心里发毛。等我们静下来，他问我们，想听故事吗？我们有些意外，齐声叫，想。

好，今天就从我的名字讲起吧，他开始了他的授课。

我的名字是我父亲起的。我父亲崇拜王维，我是家里第六个孩子，而且是唯一的一个男孩子，故有了王维六这个名字。

哦——我们大笑。

王维是谁啊？你们有人认识么？他的眼光，温柔地把我们逡巡一遍，问。我们都摇头大声笑，不认识！说真的，那时候，语文课本上的知识，我们真没记住多少。

他的半边脸迅速抽搐起来，也跟着我们笑，慢声细语道，难怪呢，他若还活着，都一千多岁了，你们怎么会认识他。今天我就把这个祖师爷请出来，大家一起熟悉熟悉吧。

就这么的，老师娓娓述说起王维的故事来，从王维年少时在长安城的才情远播，到四十多岁退隐终南山。“行到水穷处，坐看云起时”，老师一字一句念起王维的诗，我们仿佛置身于幽谷之中，有水在流淌，有云在飘荡。

那之后，我们丙班学生都爱上了老师的语文课。他吧，上课很随意，古今中外的文人逸事，张嘴就来，我们可爱听了。每节语文课前，他会在一块小黑板上抄一首古诗词，谁第一个记住了，并能默写下来，谁就会得到他的奖励。奖品可珍贵了，是两只油饼，或是两只花卷。那个时候，我们正长身体，家里穷，三顿饭都吃稀的，常常等不到饭时，肚子就饿得咕咕叫。能吃上油饼和花卷，那种幸福滋味，真没办法形容。每天只要小黑板上的古诗词一出现，全班同学都抢着抄写背诵。结果，全班同学都会背会默写。老师很为难，笑眯眯地跟我们商量，轮着来好不好，今天你，明天他。到最后，全班同学都吃过他买的油饼和花卷。

我们丙班后来成了全校最好的班，初中毕业时，大多数同学都考上了重点高中。受王维六的影响，我们这批孩子几乎都学了文科。大学毕业后，大家都有了各自的去向，分散在世界各地，但每年，我们都会抽空聚一次，以王维六的名义。

王维六在前几年走了，当年丙班他的学生，一个不落的，全去送他了。我们每年还会抽空聚一次，以他的名义。教我们的时候，老师其实还不算老吧，只是长相有些显老，他的儿子那会儿也在读初中。多年后，我们才从他儿子口中得知，那个时候，他们家每天也是喝稀的，他爸从没舍得买过一次油饼和花卷给他吃。

走在鱼儿的思想里

小池塘像一口大缸，安放在大山里。塘边树木葱茏，芳草茵茵。塘中清水幽幽，碧波粼粼。

鱼儿住在里面。

人偶然路过，看见塘里的鱼儿在游。人一面生出欢喜，一面又生出同情，人感叹，这里环境好美。可这里又是多么的空荡、寂寞和孤独。

鱼儿悄悄笑了。鱼儿觉得人的好笑。在很久很久的从前，就有两个人因它们的事而发生争执。一个叫庄子的人说，鯈鱼出游从容，是鱼之乐也。一个叫惠子的人反对，子非鱼，安知鱼之乐？两个人“之乎者也”争吵了老半天，也没争出个结果来。鱼儿想，人总是喜欢替别人下结论，用自己的经验和感受。岂不知，我们的快乐我们做主呢。

鱼儿还是比较喜欢诗经里的那个人。它不知道那是个男人，还是个女人。不知道他（她）是生于贫贱，还是出生富贵。这个人在水藻间，在青青的蒲草旁，看见了活泼的鱼儿，暗自心生欢喜，忍不住低声吟唱起来：鱼在在藻，依于其蒲。哦，鱼儿在哪里呀？鱼儿在水藻里呢，旁边还有蒲草青青呀——瞧，他（她）的心地多么简单！在这个越来越纷繁的尘世里，简单的心，很是叫鱼儿怀念呢。

鱼儿也顶喜欢乐府里的那群人。鱼儿确信他们是一群人。他们去湖里采莲，齐声快乐地唱和：江南可采莲，莲叶何田田，鱼戏莲叶间。鱼戏莲叶东，鱼戏莲叶西。鱼戏莲叶南，鱼戏莲叶北。隔着遥遥的时空，鱼儿似乎还听到那清朗宛转之声，真是叫鱼儿向往啊。鱼儿每念起这首曲子，都要感动，它看见了这世间最纯净的东西，那东西叫作赤子之心。

池塘上方的一角天空中，总是云来云往，川流不息。鱼儿太喜欢那些云朵了，它们有的像芙蓉花。有的似白鸽。有的像海浪。有的似瀑布。有一次，鱼儿还看到一朵长得和它一模一样的云，鱼儿摘下这朵云，把它藏起来。鱼儿还藏过一粒朝霞。藏过夕阳的卵。藏过钻石一样的小星星。藏过一颗月亮。还藏过春天的桃花瓣，夏天的蝉声，秋天的银杏果，冬天的雪花。鱼儿的收藏真是丰富得不得了，日子里哪里会有空荡和孤独呢？

人说，四季冷暖草木先知。鱼儿嗤鼻，四季冷暖该鱼儿先知才是。四季的风，把四面八方的消息捎来，在水波上书写。什么时候杨柳绿，什么时候荷花开，什么时候枫叶红，什么时候雪花落，鱼儿读读水就知道了。

人说，鱼儿的记忆只有七秒。鱼儿不屑。鱼儿不是活在记忆里，而是活在当下。当下，它仰望着天空，正好看到一只飞鸟，也在俯望着池塘。鱼儿笑了，人若见到，定又要为它俩纠结一番了，到底是做鱼儿快乐，还是做鸟儿快乐？

鱼儿有鱼儿的路，鸟儿有鸟儿的道，谁也不用羡慕谁。鱼儿吐出一长串小水泡，愉快地想，我还是做一只快乐的鱼儿好了。

一朵云掉到池塘里。鱼儿赶紧游了过去。池塘边的柳树上，有虫子在轻轻鸣唱。

一朵梅花的一生

从没想过一朵花的开放要多长时间。花开就是花开，只是在照眼的刹那，它的色彩，它的多姿，会让我们忘情地叫一声，呀，花开了。至于它在黑暗里，在风雨中，要独自行走多长时间，我们才懒得关心呢。再说，一朵花么，开起来还不是轻而易举的事么。

比方说，一朵梅花。

我们不晓得看过多少的梅花，从冬看到春。但我们从未对其中具体的某一朵梅花，产生过炽烈的爱意。我们自然不知道，在一朵梅花成为一朵梅花之前，它有过多少的喜乐哀悲。我们的感情是那么泛滥，泛滥到我们随便一掏，就能掏出一把来。然里面到底有几分真心，怕是连我们自己也说不清。

一朵梅花到底要走多长的路，才能成为一朵梅花呢？当我偶然翻阅到宋伯仁的《梅花喜神谱》，我对此才有所了解，暗地里吃惊，原来一朵花开是那么的不容易。我仿佛第一次认识梅花。

宋伯仁，南宋诗人。爱梅成癖。他为此专筑梅圃栽梅，又筑茅亭相对。每到梅开时节，他满肝清霜，满肩寒月，在茅亭边徘徊，细赏梅花种种可人之态，细嗅梅花之清香，不厌不倦。他边画边诗，创作出一部集诗画于一体的《梅花喜神谱》，生动而详细地记载了一朵梅花的一生——先是蓓蕾。后小蕊。后大蕊。后欲开。后大开。而后烂漫。烂漫之后欲谢。谢完之后就实。

蓓蕾的孕育，是从九月份就着手准备着的，一直持续到来年的一月份，经历麦眼、柳眼、椒眼、蟹眼四个时期，蓓蕾的外层鳞片才一点点破开，露出内层鳞片，花萼渐出。花朵的精华——花冠和花蕊，是藏在花萼中的。

一月至二月上旬，是花冠形成期。这个时期，花萼渐渐长大，慢慢撑破。最后，花冠终于诞生。有的如樱桃。有的如佛顶珠。有的如古文钱。有的如兔唇。有的如蝌蚪……千姿百态，妙趣横生。

接下来的一周，眼见着花冠鼓胀起来，含苞待放。这个时候最为美妙，是妙龄少女，是豆蔻年华。那柔粉的花冠，有的如药杵。有的如蚌壳。有的如鹳嘴……那里面，包裹的是怎样一团惊艳啊。

三四天后，花冠终于舒展开来，一瓣一瓣，大开特开。如烟似霞。如锦似帛。人只看到它盛开时的明媚和娇艳，却不知道它已独自在黑暗里走了很久很久。它送别了秋，熬过了冬，这才迎来了它的光明和华美。虽然只有短短的两三天，而后，它就面临着凋谢。可是，对一朵梅花而言，它活出了它的价值和意义，它定是无悔的吧。

一朵梅花的一生，跟一个人的一生何其相似！你想拥有绚烂的人生，必得经历漫长的积淀、磨炼和等待。

人性之美

《红楼梦》是我常备的书，得闲了便翻翻。也不拘读到哪个章节，不拘读到哪个情节，随便翻吧，翻到哪页读哪页。像黄昏时的漫步，也不定走向哪里去，随便走吧。有可能会遇到一个滚圆的落日。有可能会遇到一只有意思的鸟。也有可能会遇到一蓬乱开的花，或遇到一个身上写着故事的陌生人——总归是有些新发现的，这是散步的乐趣。读书亦如此。

今日翻，翻到刘姥姥进大观园。这是整本《红楼梦》里最令我着迷的地方，我以为它比贾元春的省亲、林黛玉的葬花要迷人得多。历来王公贵族只是少数人，他们的生活离寻常人远得很，霓裳瑶台般的，隔着云端，少了亲切感。平民的习性，才是大众的。刘姥姥是一个颇具典型性的平民代表，她没有文化，可她有她的质朴，她的热肠，她的算计，她的狡黠，她的风趣和好玩。乡野的天空和大地教会她很多，她装了一肚子的生活智慧和哲学，且运用得当收放自如。她至今还活跃在烟火喧腾处，是我们熟悉的李大妈刘大爷张家嫂子王家老丈人。

这一章节里的贾宝玉也格外动人。一个被众星捧月长大的贵族男孩子，按理说该是骄横的冷傲的，可他压根就是以低到尘埃的姿势活着，有着不同寻常的柔软、温暖和体贴。刘姥姥胡诌一故事，说大冬天里，雪下得有三四尺厚了，她家的柴堆里，忽然一阵响动，出现了一个着大红袄儿白绫子裙儿的小姑娘。故事说到这儿，被外面的“走水”声给打断了，贾府一众人都忙着去关心马棚失火的事，把柴堆里的小姑娘丢到脑后了。只贾宝玉还念念着，等外面的火光熄了，众人又进来坐下，他忙忙问刘姥姥小姑娘的事，他最放心不下的是“那女孩儿大雪地做什么抽柴草，倘或冻出病来呢”。

“倘或冻出病来呢”，我每每读到此处，都惊讶得不得了，一个十三四岁的贵族少年，他哪里来的这份浓烈的悲悯？我更感喟于他情怀的宽广，刘姥姥瞎捏出来的一个姑娘，他都要心疼着、担心着，他的同情和关切，是没有边界的，是施予众生的，这才最难得。刘姥姥后来被他缠得没法，只得混编了个小祠堂，说里面供奉着一个叫若玉的小姐的泥胎，那小姑娘就是那泥胎变的，以此来蒙他。岂料他又当真了，盘算了一夜，次日一早就让贴身小厮按地儿寻去，他则在家心神不宁了一日，直到日落时分小厮回来……到这时，他才知，刘姥姥哄了他。他没有生气，倒是松了一口气。我想他是暗暗欢喜的，幸好是个故事啊，幸好不是真的，那么，就没有一个好好的女孩子，突然死去了的事。只是仍不大放心，让小厮改日再去寻寻。

还是事关刘姥姥。他一点也不记恨被她蒙骗了的事，当妙玉的成窑五彩小盖盅被刘姥姥用过后，妙玉嫌弃地撂在门外，宝玉却惦记上了，待他和黛玉、宝钗品完妙玉的茶，黛玉、宝钗都告辞而去，他却滞后一步，悄悄儿地同妙玉赔笑道：“那茶杯虽然脏了，白撂了岂不可惜？依我说，不如给那贫婆子罢，她卖了也可以度日。你道可使得？”妙玉的性情他是了解的，能不招惹，他绝不会招惹。但此刻，为了一个与他毫不相干的刘姥姥，他有点豁出去了，赔着小心，话说得委婉，周全地护了妙玉的面子。到底，他把那成窑的茶杯讨到手了，着贾母房里的小丫头，带给了刘姥姥。

一个人的善良，更大地体现在对比他活得卑微活得困窘的人的态度上，不是优越感巨强的俯视与施舍，而是发自内心的尊重、同情、原谅和体贴，这才是人性最美的地方。闪闪发光。

二丫头

二丫头十七八岁。

二丫头生在农庄。

二丫头勤劳能干，会纺线织布。

二丫头应该还会干很多的农活。

二丫头心地善良。二丫头性格爽直。她见到城里来的公子哥们华衣美服，如天人一般，她虽被惊着了，却没有多少胆怯。

她制止宝玉动她的纺车，一点儿也不客气，落地有声："别弄坏了！"

我在这一声里，遐想翩翩。那声音是不是如雀鸣鹊唱，又似珠玉滚地？她跟着又来一句："你不会转，等我转给你瞧。"爽利清脆，落落大方。秦钟悄然对宝玉道："此卿大有意趣。"趣的是她的神态，还是她的声音呢？她那完全不同于大观园里的燕燕与莺莺的做派，比那纺车更叫城里的公子哥们新奇。

她纺线给宝玉看，那姿态，该像一朵野菊花，灿烂地开。"果然好看"，这是宝玉的心里话吧。

那线，本可以再纺得长一些的，宝玉的目光，本可以再跟得久一些的，可惜那边有婆子一声"二丫头，快过来"，二丫头一径去了。

一片灿烂色，就这么黯淡下来。

几盏茶的工夫后再相见，已隔着滚滚红尘了。她怀抱着一个小孩子，站在村头瞅着坐在马车上远去的宝玉。那孩子该是她的小弟弟或小妹妹。又带着两个小女孩子——她早就是家里的好帮手了，像个小母亲。电卷风驰中，刚刚发生的一切，像彩虹一般，消失殆尽。

宝玉后来再不曾念过这个二丫头，他的繁华世界里，花花朵朵太多了。然对二丫头来说，他却是闪过她生命里的一束光。她自此生长出了朦胧的哀愁，让她在以后的日子里，不时地会发出轻轻的一声叹息吧？既满足，又失落。

她会活成什么样子呢？也许活成了刘姥姥——那是最好不过的了。当夕阳西下，孙儿们绕膝撒欢，缠着她，姥姥，姥姥，讲一个故事来听。她坐在小马扎上，被孙儿们摇晃得头都晕了，遂无奈地笑笑应道，好好好，讲故事。眼睛跟着就眯成了一条缝，啊，那藏在心里头的彩虹，清晰地浮现出来了。她豁着没牙的嘴，缓缓地讲起来：那一年，我才十七八岁呢，有一个富贵人家的公子，来到我们庄子上。那公子真好看啊，像个仙人。他不会纺线，呵呵，他怎么会纺线呢？我纺线给他看……

二丫头最后该是寿终正寝。她比大观园里的小姐们都幸福。

我念念不忘这个二丫头，因为我在家也排行老二。我的家人，我们村子里的人，至今都还唤我二丫头。

争吵

忽然被一阵争吵声给吵着了。那声音实在太大了，女声，激越，高亢。愤愤之情，像小石子似的，四下里飞溅。紧跟着，男声凸现，粗壮，强悍，如刀子，扎人。又各种混合之声，嘈嘈切切。

我从窗户里探头去看，楼下簇着一堆人。为的什么呢？听半天才听明白，为的是路边一块小小的空地，女的男的都想把车子停过去。你的，我的，公用的，各说各的理。

一旁有石榴花，开得分明。绿叶子托着红花朵，娇媚鲜艳。还有鸟儿。鸟儿在花树间啁啾。它们不懂人类发出的声音，为什么会那么不好听呢。它们好奇地歪着小脑袋看，啾啾地鸣唱。鸟儿的歌声被争吵声淹没了，真可惜。

我退回到桌子跟前，画了一朵石榴，读了几首写石榴花的诗。很喜欢北宋一个叫王禹偁的诗人写的：

王母庭中亲见栽，张骞偷得下天来。
谁家巧妇残针线，一撮生红熨不开。

这诗妙在把石榴的传奇来历都交代了。它非凡品，原是天庭中的仙树，张骞出使西域，到得一小国叫安石国，在那里，他偶遇此树开花，明媚可人，心生喜爱。回大汉时，他什么也没要，就要了这棵石榴，不远千里带了回来。从此中原大地上，遍布这花果皆美艳的石榴树。“一撮生红熨不开”，这是形容石榴花开时的模样，真是形象。石榴的花，真的就是紧紧攥着的一撮生红，像火焰，刀劈不开，斧砍不了，熨斗又岂能熨开！

楼旁的争吵，不知何时散了。那块空地，也还空着，谁也没能占着便宜。是不是皆大欢喜了？未必呢。那争吵时掀起的怨愤的潮汐，总要历经一段时间，才能慢慢退却的。可惜了这些争吵的人，他们浪费了多么美好的一天呢。

我在

我唤他，哎——

他停下笔，抬头应道，我在。什么事？

我笑了。想了想，又想了想，实在没有什么事。复低头，继续看我的书。

冬天的阳光真好，似乎穿了件珊瑚绒的衣裳，暖和得很。它铺满我们的窗，像给我们挂了幅绵软的白窗帘。

窗台上的长寿花在春天开过几簇的花，到冬天，它又开出花来。我们在饭后会挨在一起，看看这些小花儿，惊喜地数数一簇上又多出了几朵，像看我们的孩子。小花儿的脸蛋红扑扑的，真漂亮。我们的心情跟着漂亮。

楼下的合欢树上，还留存着一些萎了的叶子。我老觉得它们好似一些小麻雀蹲在枝头，叽叽喳喳，跃跃欲飞。栾树上那些灯笼似的好看的果实瘪了，摊在树丫间，是些不错的天然的鸟窝哩。不知晚上有没有小雀留宿在里头。楼道口拐角处的两棵蜡梅快开了吧？他说快了快了，早上见到，它们都打花苞苞了。花喜鹊喳喳叫得有些孤单，我想，到春天就好了，到春天它的伙伴们就都回来了。天上的云，浅浅地浮着，像飘了一天空的白茅花。

“江山风月，本无常主，得闲者便是主人”，我突然想到这句话，心里面得意，我这关心的，都是家事哩。

他说明早要给我烙一种饼吃。我问什么饼。他竟神秘兮兮的，说，明早还得去市场上采购些东西加进去，到吃的时候你就知道啦。

我美滋滋地点头，就这么对明天期盼起来。

哎，明天，楼下的蜡梅就开了吧。明天，我得去搬两盆水仙回来，陪着它们慢慢长。顺便去通榆河边走走，看看在那儿自由出没的白鹭还在不在……我出神地胡思乱想了一会儿，再回到我的书上。他仍在练他的书法，和我隔着五六米的距离。我们都是平凡的人，不求闻达，只是顺着自己的心意活着，自个儿高兴就好。

我也实在没什么要紧的事。家里有存粮，身上有棉衣，书橱里有书，窗台上有花，隔着窗还有阳光来拂，好像不弄出点声响，就是对时光的一种辜负。

我又唤他，哎——

他应，我在。

我笑了。

这种老夫老妻的日常模式，又踏实又稳妥，我挺喜欢的。

可惜

见到一句有趣的话：

早上空气这么好，不利用可惜。

我在这句话上打转，我喜欢得很。我把它无限延伸，它简直就是我们生活的全部：

日出这么好，没遇见可惜。

黄昏这么好，错过了可惜。

天气这么好，不出去走走可惜。

阳光这么好，不晒晒可惜。

花这么好，不闻可惜。

秋叶这么好，不看可惜。

月亮这么好，不赏可惜。

小鸟儿唱得这么好，不听可惜。

山水这么好，不放慢脚步可惜。

书这么好，不读可惜。

茶这么好，不喝可惜。

饭菜这么好，不细细品尝可惜。

良辰这么好，不好好相爱可惜。

年华这么好，虚度了可惜。

……

想想寻常的日子里，有花可赏，有茶可温，有书可读，有人可爱，有平安，有健康，一切都这么好，而我们身在其中，并不知觉，真真可惜。

印第安排箫

突然迷上了古老的印第安排箫。

芦秆制成。有点类似于竹笛，只不过它不是单个的一根，而是一排组合在一起，故又称它为排笛。

它嘹亮的第一声，是响在古老的南美洲的。最初也不是用来做乐器的，而是用来做通讯工具的。

那个时候，世界还很混沌，然草木清澈，鸟兽自由。那样的一群人，树叶遮体，兽皮裹身，如灵动的羚羊，在芦苇密集的河岸边奔跑。又如小兽，腾跳在群山之中。他们捕鱼，他们打猎，他们采摘野果，常常会遇到一些突发事件，彼此间越来越需要一个能够传递信息的载体。他们应该也尝试过不少方法，比如敲击石头，或在树上刻上记号。不知哪一天，有人无意间折断芦秆，在上面掏了几个小孔，居然能吹出很特殊很嘹亮的声音。大喜过望之下，这种能发出声音的芦秆，就成了人们相互间联络的“通讯工具”。

后来，人们不断对它进行改造、组装，由一根，变成两根，由两根，变成三根四根，最后变成一排。声音由起初单调的呜啦呜啦，变成了丰富的、气象万千的。这个时候，它不单单是简单的通讯工具了，而成了一种很美妙的乐器——排箫，声音浩渺、苍茫、悠远、神秘，集万千自然于一身。

它渐渐成了人们日常生活中不可或缺的一员，成了人们心灵的慰藉，欢乐时吹奏，不欢乐时也吹奏。纵横跳脱的音符里，有着他们的爱恋、诉求和渴盼，那些如云般自由飞翔的灵魂，在那亘远的时空里，地老天荒着。

我听它吹奏的《山鹰之歌》。听它吹奏的《孤独的牧羊人》。听它吹奏的《最后的莫西干人》。好像置身在那片古老的大地上，草木森森，天地高远，排箫的声音直上云端，飘渺、幽深、清越、狂放，充满不可言说的忧伤。真不可思议，那只不过是几根普通的芦秆或竹子，就把人类千百年来的情感，那些风，那些雨，那些孤独，那些执拗，那些追求，那些向往，全都收藏在里面。

我想起小时，在庄稼地里，随便掐下一片黄豆叶，沿着叶子的边缘吹，就能吹出好听的声音。我们也在蚕豆茎上掏孔，做成蚕豆笛子，嘀嘀地吹。至于芦苇笛子，那是每个孩子都会做的。夕阳西下，割猪草回家的路上，我们人手一支苇笛，呜啦呜啦地吹，声音连成一条奔跑的河流，欢快地向着炊烟升起的屋檐流去。

每一颗自然的心里，都藏着音符的密码。

善良

散步时，遇到一只蝉，不知是受伤了，还是生命已走到尽头了，它躺在路上，吃力地翻着身，却怎么也翻不了身。

我帮它翻了身，并把它移到草丛中去，防止它被谁不小心给踩着了。

做完这个，我拍拍手，继续散步，心情愉悦。

善的行为，首先愉悦的是自个儿。就像在暗里头，你点燃一支烛火，最先照亮的，是你的眼睛。

每个人都有从善的能力。心怀怜悯，是善。善待一草一木，是善。感恩阳光雨露，是善。他人落难时，倘若你做不到去搀扶，但你不嘲笑，不幸灾乐祸，也是一种善。

你一个温柔的眼神，是善。

你一句安慰的话语，是善。

你由衷的欣赏，是善。你真诚的鼓励，是善。

你恬淡的笑容是善。你同情的眼泪是善。

不隔岸观火，是善。不落井下石，是善。不人云亦云，是善。不跟着起哄，是善。不欺负弱小，是善。不逞一时之勇，是善。

而管住自己的嘴巴，不随便口出恶言，不随便论人是非，则是大善。

语言的暴力，有时比动枪动刀更可恨。动枪动刀，伤的只是他人的身体。语言的暴力，伤的却是他人的心灵。万劫不复。

堵车

高速公路上遇堵车。

导航上显示所堵路程长达十余公里，什么时候能通行，不可知。这个时候，前不能前，退不可退，我们唯一能做的，就是被动地等。

那人悔，说，倘若我们早半个小时出来，也许就避开了这场堵。

我笑了，我说我们应该这么想，倘若早半个小时出来，也许遇到了另一场更大的堵呢。

也不抱怨，也不急躁，我慢悠悠地打量四周。天空是万里无云的天空，晴朗得有些不像话了，这样的天空，叫人生不起气来。公路一侧，长着些箬竹，微风过处，竹浪轻漾。隔离带中，长的则是木槿，不管身边是嘈杂还是寂静，它们一门心思只管开着它们紫粉的花。我很欣赏这样的一门心思，不管身处何地，也不会丢失掉一颗努力开放的心。

我们的前面，停着一辆白色小车。司机下来，一三十多岁男士，他左右看看，前后看看，神情轻松，他忽然把腿搁到隔离带的栏杆上，做了一组压腿动作。又前后看看，左右看看，上车去了。

我们的右侧，停着一辆载满货物的大卡车。司机也下来了，五十岁上下的年纪。他绕着他的大卡车慢慢转一圈，再转一圈，把外面绑着货物的绳索一一紧了紧，又方方面面查了查。这才满意地拍拍手，上车去了。

越过隔离带，那边的车辆唰唰而过，我从车辆的缝隙间，窥见公路另一侧，居然有一方宽广的水域，水幽碧幽碧的。岸边的茅草都白了头，茅花飘荡出白云朵的样子，场景很诗经。

这个发现，让我独自欢喜了半天。

时间的厚道

一个女人站在菜场门口，大声地和别人话着家常，且说且笑。她手里提着一把新鲜的蒜苗和青蚕豆。刚买的。

“新上市的蒜苗真是贵哩，都卖到十块钱一斤了。”

“是啊，吃不起哩，现在呀，蔬菜卖得比肉还贵。”

“图的就是个新鲜啊，蒜苗烧肉好啊。”

“哎呀，蒜苗烧肉是好吃，但我还是喜欢吃蒜苗炒豆瓣，再打两个鸡蛋进去，香死咧。”

她们的话语里，有着热腾腾的烟火在跳跃，热闹，喷着香。

还是这个女人，三个月前，痛失她 25 岁的儿子。

是场车祸，一辆卡车撞上她儿子骑的电瓶车，现场极为惨烈，她儿子当场死亡。我刚好路过，见到她在现场撕心裂肺地号啕。天边一缕残阳，染上血色。

今日，她的脸上，已少见悲痛。或许背着人时，她还有泪流下，但她终归从那场惨痛中，慢慢走出来了。她已接受了现实，并与之和解了。

回家，我在纸上写下这样的话：

时间真的会疗伤。再多的痛，交给时间就好了。

活着的，总得活下来。时间会给予我们足够的空间，来接纳和消融悲伤。这也是时间唯一的厚道之处。

梅趣

梅花开得这么好。

小区里植有两株，紧挨着。一株朱砂梅。一株玉碟梅。红配白，佳偶天成般的，十分抢眼。

我留意过，一月末下雪时，它们的花苞苞就亲密地挤在一起，商量着要开花的事。雪裹住它们，只露出一点两点的红或浅绿来，如白糖裹着的小甜点。我当时站在它们身边，想到白糖煎果的味道了。

一月过后，二月来了，风在不知不觉中变软了。几朵红几朵白，羞答答地率先登上舞台，小嘴儿一张，就是一口锦绣，我见犹怜。人见着，惊喜一下，呀，梅花开了。

接下来就华美纷呈了，数朵红和数朵白，争相在枝条上舞蹈。二月末三月初，两棵树已完全激荡起来，如扛着两树的云霞。不见叶子，只见花，密密的，挤在一起。我在它们身边待很久，也不觉得它们吵。

这个时候，一个老人，挥毫泼墨给我写下“梅趣”二字。

老人 70 多岁了，一只眼睛视力只剩下 0.1，还有一只眼睛视力全无。老人从小就练书法，练了一辈子，现在天天都还要练上几笔，靠着他那 0.1 的视力。我是书法的门外汉，但看着他给我写的“梅趣”二字，怎么看怎么觉得好，就像有两棵梅树，俏丽丽地站着，上面的花骨朵如滚珠一般。

老人谦虚得很，说，现在眼睛不大看得见了，全凭手腕的感觉在写，写得要差一些了。

我对老人无比佩服，我说，您该是个书法大家啊。

老人笑了，说，什么家不家的，我只是自己爱好罢了，纯粹写着玩的。

我点头称是，内心深受触动。老人的活法，才得人生真味呢。这正如梅花开得这么好，不为你看见，只为它们喜欢这么开着，也就这么开着了。

一块手表

我高考失利后，我爸在一夜间苍老了很多。

早起，我默默抓把镰刀，跟在他后面去田间锄草。一路上，他不吭声，我也不吭声。无忧的鸟儿，飞过我们的头顶，啾啾欢鸣。地里棉花的植株，高过人头，红花白花开了一大片，上面沾着晶莹的露珠。我看着，像眼泪。

我埋身到棉花植株下面去锄草，露珠打湿了衣裤，也打湿了我的心。一想到从此后，我只能过着这样的生活，日出而作，日落而息，生活的半径绝不会超过一个村庄，我就悲不自抑。

村人们遇见我，眼光犀利地盯着，笑容里别有深意，背转身，我听到他们的议论，这么大个姑娘，还念什么书！该嫁人了。

一不留神，镰刀划到我的手上，划出深深的一道口子，鲜红的血顿时喷涌出来。我终于找到哭泣的理由，放声大哭。我爸听到，走过来，忙忙摘了棉花叶子，嚼碎，敷到我的伤口上。他按着我的伤口，深深叹一口气，道，你不是做活计的料，还是读书去吧。

我爸骑着他那辆破自行车，早出晚归，他去托人。那时，复读是极难的，没有一定的关系，是进不了学校的。

我不知道我爸付出多少的卑微。总之，在开学前的一天，我爸在我眼巴巴的遥望中，撩开黄昏黛青色的门帘，从远方归来，他额上深深的一道皱纹里，养着小鱼一般的笑，他欣慰地对我说，事成了。

我进到邻县的一所中学去复读。我爸送我去，在校门口，他看着我，只对我说了这样一句话，你要用功啊。我把他说的这几个字，一个一个吃进肚子里去。

邻县的那座城对我而言，是陌生的，老师和同学都当我是异乡人。复读的日子，我几乎都是在孤独中度过的。但我来不及感伤，我时时刻刻记着我爸的话，你要用功啊。我拼命读书。早晨，天才蒙蒙亮，我已起床，捧着本书，到校门口的一条小径上去读。那里，长一排的泡桐树，凌霄花攀援其上，朵朵红得耀眼。风轻轻拂过，花朵有时掉落下来，啪一声，打落在我的书上。或掉落在我的肩上，我会发一小会儿的呆，这是难得的休闲了。晚上，我是教室里走得最晚的一个，点着煤油灯夜读。更深露重，我摸黑去往宿舍的时候，一个校园都是静的，我只听见自己的脚步声，和植物们发出的幽香轻喃。

这些经历，而今回忆起来，竟倍感亲切，当年以为的辛苦，它早已酿造成蜜，我有了我的锦绣人生。有一次，我跟我爸说起当年，老爷子笑了，他说，你知道吗，为了你复读，我把我戴得热乎乎的手表送人了呢。我点头，我说我知道。正是那块手表，促使我不敢懈怠。当年，那块手表，是我爸唯一值钱的东西。

踏三轮车的女人

落了厚厚的一场雪。

踏三轮车的女人，在路边等客。

她戴着厚厚的手套，围巾把整个头包得像只冬瓜，只露出两只眼睛。两只眼睛却灵活得很，东张西望着，像小松鼠的眼睛。

我从医院看病出来，上了她的车。

她体贴地帮我把车上的布帘子塞紧，问我，你身体不要紧吧?

我笑笑，小毛病，没事的。

她便也笑了，替我庆幸，没病就是福啊。

她的话多，一路上说个没完。我很快知道，她的儿子28岁了，在上海打工。她已退休了。

要养老的嘛，出来多挣些养老钱。靠儿子靠不住的，还是靠自己比较踏实，她笑嘻嘻地说。说完，又笑，笑声脆脆的。

大街上的人多，她穿行于其中，如老鱼吹浪，自在得很。一边点评街上的人：

你看这些人啊，东来西往的，表面上看着都好好的，其实呢，各有各的难处。工作好的，婚姻家庭可能不如意。婚姻家庭不错的，在事业上又不称心。两方面都称心的，身体却闹毛病。反正啊，这世上就没有十全十美的人和事。

一送外卖的小伙子骑着电瓶车，呼啸着从我们身边而过，快如脱兔。她刹住车，避让了一下，“啧啧”叹息两声，这些送外卖的孩子才可怜呢，前几天，晚上下那么大的雪，他们还在送外卖。

我晚上是坚决不出来做生意的，哪怕外面有金子挖，我也不出来。身体是自个儿的，我要宝贝着，她扭头冲我说。旋即又转过头去，独自笑起来，告诉我她参加老年舞蹈队的一些事。去年，她参加跳舞比赛还得过奖。她每天早晨都去公园跳上一小时。

这人哪，不管日子是好是丑，都要快快乐乐地过，要对自己好。她说完这话时，我的目的地到了。

哎呀，这就到了？瞧我只顾说话的，她不好意思道。

我下车，付钱，微笑着向她致意。她跟我挥挥手，认真地跟我道谢。她说，谢谢你听我唠叨了一路啊。她的眼睛很亮，如灵活的小松鼠的眼睛。

所谓活着

所谓活着，是一月的雪，浸染着蜡梅的香。是二月的细草，吐出嫩绿的芽。是三月的燕子，在梁间呢喃。是四月的牡丹，争奇斗艳。是五月的麦浪，翻滚出金黄。是六月的风里，传来荷花的消息。是七月的蝉叫声声，如鼓瑟吹笙。是八月的瓜果，在唇齿间生津留香。是九月的柿子，红满枝头。是十月的树木，遍染斑斓。是十一月的茅花，白成海浪。是十二月的镜子里，你的容颜。哦，又是一年了。

所谓活着，是窗外的树，在四季里静静生长。是天上的云，恰如一艘艘小船划过。是路人甲或路人乙，路过窗前，他牵着狗，她推着车，脚步轻轻，或是沉重。

所谓活着，是小区晌午的寂静里，一个女声乍然响起：

哟，二奶奶，买菜回来啦，这些日子怎么没见你孙女来玩呀？

二奶奶的声音如空谷回音：

我孙女她念毕业班了，作业多呢，没得空玩了。四婶婶你今天有没有去买菜呀？今天的鱼比昨天贵了两块钱一斤哩。

所谓活着，是星星们在头顶闪烁，秋虫鸣叫如雨。是清晨的天光，映在窗户上，楼下清洁工清扫砖地的声音，嚓嚓有韵，声声入耳。是卖草鸡蛋的妇人的叫卖声，从一条街道上传来，卖草鸡蛋哎——拖着长长的尾声，如唱歌谣。卖老酵馒头和卖发糕的叫卖声，响在黄昏。

所谓活着，是孩子欢快的笑声，跌落在草地上。草地上的曼珠沙华，像点燃了一些火红的火把。是一只鸟，飞过一棵石榴树去。是一只蝴蝶，轻吻着一朵波斯菊。是一只蚂蚁，越过小土堆的屏障，急急往家里赶。是一只蜘蛛，在修补被落叶打破的网。是风偷了桂花的香，分给过路人。

所谓活着，是两双苍老的手，终于握在一起，久别又重逢了。是菜市场上的活鸡在叫，活鱼在跳，蔬菜上滚圆的露珠，晶莹闪烁。是卖肉的女人，新换了个发型，她把头发烫成了小卷儿。她在笑，她鼻翼处的雀斑也跟着笑起来。

所谓活着，是村庄的炊烟，袅袅升起。是羊在啃食青草上的光阴。是鸡在打嗝。猫爬上一棵桃树去。狗冲着一丛芦苇叫。芦苇里，麻雀刚生了一窝蛋。是凤仙花开在人家的屋檐下，红红粉粉的，真漂亮。母亲种下的南瓜，结了十八只大南瓜。

所谓活着，是哪家的窗口里，溢出韭菜炒鸡蛋的香。是前楼的人家，新生的婴儿，在傍晚啼哭。是摄像机里，新娘的头饰熠熠生辉。是午夜梦回时，闻得电梯声响，谁下夜班归家了。楼上的一对小夫妻又在吵架，传来桌椅乒乓倒地的声音。

所谓活着，是我的牙疼病又犯了。我捂着嘴巴，在灯下看一只虫子，沿着窗台慢慢爬。我翻开一页书，里面掉出我收藏的一枚庐山椴的叶子。这叶子长得真像一颗心哪。在庐山的云江雾海里，我弯腰捡起它的情形，历历在目。他问我，明天早晨想吃什么。我答，烧饼，我想吃周二烧饼了。小城里，周二家做的烧饼最出名。他说，好，明天一早去买。月亮升起来了。月亮望着人间。

有趣的老先生

在三清山，遇到一个有趣的老先生。

我们同乘一辆缆车上山，面对面坐着。我礼貌地冲他笑了一笑，他回我以微笑。我们因此搭起话来，他问我是哪里人，来过几回三清山了。

我告诉他，是第一次来。

他咧嘴一乐，你猜猜，我是第几次来？

我自然猜不着。

他就有些得意地冲我晃了晃手指头，说，我这是第九次来了。

我很吃惊，猜他一定是本地人。

他很大声地笑起来，不是啦，我是闽南人。

闽南？你们那里不是有很多山么？我实在有些好奇了。虽说三清山风景不错，但也不值得他大老远跑上九次的。

他笑看我一眼，慢悠悠道，你如果真的喜欢上一座山，这座山就跟别的山不一样了。各人的喜欢吧，我就是喜欢三清山，这里的每块石头都值得慢慢看，看不完的。

我还会再来的。最后，他笑眯眯地说。

三清山的石头真的有看头吗？当然。都跟成了精似的，有的幻化成人形，男的女的，老的少的，凡人或神仙，你怎么想象都不为过。有的幻化成动物形状，龙腾虎啸，巨蟒出山，牛羊闹腾，动感十足，生机勃勃。

不知老先生停在哪一块石头跟前。我后来再想遇他，竟不能够。

老先生今年七十有五。退休前，在一家生产茶器的工厂工作。想他做的茶器，一定也很有趣。

一把波斯菊

孩子过四岁生日时，妈妈送给孩子一件特别的生日礼物——一只红嘴绿身子的鹦鹉。

孩子对这只鹦鹉可喜欢了，他给他的鹦鹉取了个响亮的名字，大王。他天天守着鹦鹉，他吃什么玩什么，都要分鹦鹉一份。鹦鹉对孩子也好，别人逗它，它爱理不理。但只要孩子一走近它，它就欢快地上蹿下跳，嘴里叫着，小凯好，小凯好。孩子的小名叫小凯。

孩子问鹦鹉，大王最喜欢谁？鹦鹉口齿伶俐地答，大王最喜欢小凯。孩子和鹦鹉相处的这一幕，被众人称为神奇。好多人都特地跑来看。

有一天，孩子从幼儿园放学归来，鹦鹉却没有像往常一样，在他一推开家门时就欢叫，小凯回来了，小凯回来了。孩子的鹦鹉死了。死于一场突发的疾病。

孩子很伤心，哭了很久，连饭也吃不下，嘴里一直嚷嚷着，我要我的大王。

妈妈蹲到孩子身边，柔声地对孩子说，宝贝，你的大王累了，它要睡一个长长的觉，等它睡饱了，它就会醒过来。到那时，它会变魔术给你看呢。

孩子不相信地问，真的？

妈妈肯定地答，真的。

妈妈牵了孩子的手，带着死去的鹦鹉，来到楼下的一棵栾树下，埋葬了鹦鹉。妈妈在鹦鹉的墓穴上，撒下了一把波斯菊的种子。

孩子不那么难过了。但他还是时常会想到他的鹦鹉，他问妈妈，妈妈，大王什么时候会醒呢？妈妈总是笑着答，快了。

这是春天发生的事。转眼间，夏天到了，蝉的叫声，跟海浪似的，奔涌在一棵一棵的树上。孩子经过埋葬着鹦鹉的那棵栾树，突然在树下看见了五颜六色的花朵，一朵朵怒放着，像极了有着彩色羽毛的小鸟。是妈妈种的波斯菊开了。

孩子好惊奇。

妈妈告诉他，宝贝，这些，都是你的大王变出来的呀。

孩子欢喜快乐起来，他蹲到花前，仔细倾听，仿佛听到他的鹦鹉在说话。

唱起那动人的歌谣

好多次了，我都会遇到那对老夫妇。

夜幕下的河边，他们也在散步。

他们散步的方式极其独特，是雄赳赳气昂昂地走着唱着的。

老先生在前，挺着胸脯，甩着两条胳膊，迈着正步，音喉敞亮。他唱“一条大河波浪宽，风吹稻花香两岸……”；他唱“弹起我心爱的土琵琶，唱起那动人的歌谣……”。

老太太紧随其后，也挺着胸脯，甩着两条胳膊，跟老先生步调一致。她的音喉微弱，却也是透亮的。

我把他们迎过来，又目送他们走远。夜幕下的他们，像两只翩翩的飞燕。他们的歌声，融入到夜色中，使得夜色，也动人了几分。使得眼前这个世界，更让人爱了。

他们触动了我，让我陷入到一种酥软的情绪中，久久回不过神来。我只觉得生命是值得热爱的，从火热的青春，一路走过来，无论途中历经多少苦楚艰难，只要还能歌唱，那就不要停止放声。

当你没有停止歌唱，这个世界，就是你的。

NO.4

美的开光

每晚我都会对这个世界说，晚安，亲爱的世界，我把今天爱过了。

老家的春天

乡下的早晨醒得早，一丝光亮也瞒不住的，只因全无遮挡。又鸟儿们太勤快了，天尚未大亮，它们就在屋后的竹林里，互相催促着起床。我也就不好意思赖在床上了，赶紧起来，等着看日出。

从前在乡下生活了那么长时间，也没留意过太阳是怎么在村庄上空升起来的。想来在不知不觉中，我们错失过很多东西。幸好我警觉了，尽量地让余生不要再错失。

村庄的日出，是有备而来的一场大型歌舞。新生的太阳，更像一面大红的鼓，云彩的棒槌敲在上面，咚咚响着。眼见着它们从庄稼地的那头，喷涌而出。那一头是小麦和油菜的家。也有桃树三两棵。也有河流一两条。一个村庄，被它们的锣鼓声震醒了，鸡鸣起来，狗跳起来，羊也跟着叫，不亦乐乎。

我妈已在楼下忙开了。地里的青菜绿油油的，上面沾着夜的露珠，她挑回来，给我下青菜面条吃。我妈开心地说，你一回家，家里的屋檐都高了许多，屋子也亮堂了许多。

总能望见很辽阔的天，总能看见醉人的蓝和白，只要一抬头。其实不用抬头，就那么平视着，也能看得见。天空就趴在田畴的那头，那头还有村庄。村庄的外头，还有村庄。天空就像个大帐篷，把所有的村庄和田畴，都拢在里面了。

油菜花零星地开了。蚕豆花也开了。蒲公英，这个乡村最正宗的小女儿，开的花最可爱。人对它是宠着的吧，它在青菜地里开。在麦田里开。在沟垄上开。在河畔开。在墙脚开。在砖缝里开。把它的一汪活泼的黄，插得到处都是，跟一面面招摇的旗帜似的。没有蒲公英的乡村，就不叫乡村了。

我坐在一圈阳光里。村庄的阳光，随便取，像源源不竭的老井里的水。老井在厨房一侧，从前就在那儿，井水冬暖夏凉，把我们兄妹几个喂养成人。我妈现在日常的洗汰，还是喜欢蹲在井旁。她从井里汲上水来，跟我说，我家这口井里的水就是甜，比自来水甜。

草垛子也在晒太阳。我妈烧饭做菜用的还是老灶，门口堆着一个稳重踏实的草垛子。太多的鸟，飞到我昨日开辟的一块花圃里。昨天，我妈拔掉门口长得好好的蚕豆，给我空出地来，让我整理成我的小花圃。我在里面撒了许多花种子。现在，鸟儿们跑来吃我的花种子。我却不恼它们，任它们吃去。我挺高兴的，想着那些花种子跑到鸟儿的胃里，真是去对了地方。它们会把这些花种子带到四面八方去。哪天，我在村庄的某个沟渠旁看到几朵波斯菊，或是几朵太阳花，或是一捧桔梗，我肯定不会惊讶。我知道那些花儿是怎么到达那里的。

屋后的小河边，有人在钓鱼。我站屋角看他半天了，也没见他钓上一条鱼来。时光闲淡得厉害。有邻居的狗来串门，它对陌生的我好奇着，隔两丈远就停下来，蹲着，仰头细细打量我。我唤它，它不搭理。我更温柔地唤它，它终于放下警戒，慢慢走过来。我到厨房找了些食物喂它，它立即和我成了好朋友。

门口的路上，偶有乡邻走过，停下来招呼几声，末了都来上一句，到我家去玩啊。我答应一声，好啊。

燕子飞到一棵柿子树上。鸡跳到草垛子上。一枝桃花从屋角后探出头来，上面的花朵静静地开，一朵一朵，慢条斯理。春光真是好啊，好得像个梦。我不知道，当我妈不在了，这个老家，我还会回吗？想到这里，心里一惊，我喊，妈。我妈正在井旁择菜，她笑应一声，哎。

半日青山湖

在地球上星罗棋布的湖泊里，青山湖实在是个小不点，小不点到可以忽略不计。白山的朋友说起它时，明显有点底气不足，他们羞羞答答道，我们白山呢，是个偏僻的小地方，也没什么好玩的，就是有个截河而成的青山湖，在山里头。我们白山人得闲了，都喜欢去那里转转。

我听得两眼发光，有山有水，就是对这块土地最大的福报和恩惠啊。

午饭后，我们一行六人立即驱车前往，不过一盏茶的工夫，也就到了湖畔。

小小的一个湖，在众山环抱之中，像安放在那里的一颗祖母绿。五月的好天气，衬托得它滴滴映翠，眉目流转。

先去爬山吧。一座跟湖很匹配的小山，婉约得很。山路不陡峭，缓步走着就可以了，便于边走边看。山上什么都不缺，有树有花，有虫子有鸟。这时节，树木返青，野草开花，山野菜正当时。都是些啥呢？野芹菜和小蒜，刺嫩芽和大叶芹，还有山胡萝卜。随便揪下谁都成，湖水里稍稍洗洗，蘸酱吃，就是打嘴也不丢的人间美味。东北有道家常菜叫老虎菜，就是拿豆皮包了这些山野菜，我吃过两回就爱上了。我一边走，一边听白山的朋友介绍这些山野菜，听得心神激荡。罪过罪过，看着它们新嫩的样子，我一路都在咽口水。

遇见了毛樱桃，开一树粉白的花，细细碎碎的，害羞着，像没见过多少生人的小姑娘。遇见许多的白屈菜，开的花有趣得很，圆胖胖的一朵朵，四瓣儿，染得透黄透黄的。像煎好的草鸡蛋，热腾腾的，给人喷喷香的感觉。我凑过去闻闻，确有一股子的清香。不晓得谁会拿它当美食。蝴蝶也好，蜜蜂也罢，哪怕一只小虫子，遇到这“烹饪”好的大餐，会不会很欣喜很感激呢？

荨麻叶龙头草的花是紫紫的，它伸着长长的脖子，对着一个地方眺望，像扯着一条紫色的头巾在招唤谁。种阜草的花是白色的，五瓣椭圆形的花瓣，炸裂开来，跟玉雕的似的。它纤细的茎，托着这样的花，好像在耍杂技。旁有一圈“观众”围着，是一窝的蚂蚁，它们观看得兴趣盎然。我观看它们，也看得兴趣盎然。生活在大自然中，每个生命都有着独一无二的精彩。

登上山顶，一座寺庙扑入眼帘，上书：青山寺。进去，有女尼在院子里栽花，寺里众佛寂静。门前的花却开得灿然，是丁香和珠果黄堇。珠果黄堇又有别称叫念珠黄堇，花密集得如一串串念珠拢在一起，挺适合长在寺庙前的。中华金叶榆新冒出一树的叶子，远观去，像金黄的小花。一树顶着这样的嫩叶子，就像插了一头金黄的小花，在阳光下金光闪闪。我第一眼照见的时候，还以为是开着花的。不闻人声，只听鸟鸣。鸣声含翠，如露珠，每滑落下一滴，地上似乎就开出一朵花来。

在山上盘旋许久，我们心满意足地下山，黄昏已降临湖中。湖边有馆取名“白云边”。真是好名字！白云边住着山，住着水，住着一户人家，还有一条大黑狗，见人来，热情地摇着尾巴。

在湖边人家预约了晚饭。湖上有竹筏，在等吃饭的当儿，我们把竹筏划到湖中央，坐在竹筏上快乐地发呆。黄昏在湖里面撒了无数的金子，每一滴水波，都像一粒金豆子。我们是坐拥一湖黄金的人哪。这个时候，谁要是走过这里，我都会慷慨地送他一捧“金豆子”的。

晚饭做好了，有烤羊腿，有新炸的从湖里钓上来的鱼，有凉拌的各种新鲜的山野菜。吃饭的当儿，燕子们归巢，叽叽喳喳，煞是热闹。我们抬头看屋梁上，那里竟盘踞着十多个燕窝。主人是个憨厚的中年男人，他笑嘻嘻地看着燕子们，宠溺地说，这是我们家的燕子，十几年了，它们年年都会飞回来的。

我们便认真地羡慕他，一齐道，你真是富有啊，居然养了这么多的燕子，多像你的孩子啊。

主人说，是呢是呢，它们都是我们家的孩子呢。他一高兴，就要唱歌给我们听。话说间，也就亮开嗓子唱开了，半座山都听得见。我们起初微笑着听，梁上的燕子们也在听。听着听着，情不自禁地跟着他哼唱起来。今夕何夕？且不去管了，尽情地乐着吧。

出得门来，玉玦似的一个月亮，亮闪闪地挂在山头上。这里那里，隐约有虫鸣喁喁。湖边开满小野花，是些小飞蓬、野葵花，还有老鸦瓣。月亮在每一朵小花上，都印上了一枚印章，洁白的，闪亮的。微风晃动起来，如喝醉了酒。也是，这山里的月光是最好的酒了，喝多了，确实容易醉。我带着这样的微醺感，告别了白云边，告别了青山湖。虽不曾带什么回去，连一缕清风也不曾带，却有满载而归之感。

珍珠门里的春

春天碰巧到了吉林，碰巧到了白山，是一定要去山里看看春的。

白山的朋友提议，去临江的珍珠门啊，你会遇到很多花的，你会很喜欢。

珍珠门？这名字让我想象飞驰，是有好多珍珠缀成的一扇门么？

不是不是，白山的朋友笑了，说，那里临着鸭绿江的，江里也产珍珠，大概有通往珍珠之门之意。

我来了兴致，特地查了一下资料，得知鸭绿江的确产珍珠。与南方的珍珠不同的是，它产的珍珠个儿特别圆润硕大，晶莹剔透，品质优良，史称东珠。在清朝时，东珠是皇室成员热衷之珍宝，满语称“塔娜”。上等东珠取之不易，一船成千上百只蚌珠中，也未必能得到一颗。乾隆皇帝还曾因之发出感慨：百难获一称奇珍。

花却稀松寻常得很，遍地皆是。珍珠门所在之镇取名花山镇，我以为是多花之故。

一踏入珍珠门，花的气息就浓烈起来。首先来迎的，是一团团紫粉，如闹纷纷的粉蝶。那是一丛丛开得恰到好处的“枯枝杜鹃”。我四五年前就识得此花，缘于我曾买过它。那年冬天，我上街挑几盆花过年，花贩向我力荐此花。彼时，它就是一把一把的枯枝条，乱糟糟堆放在一起，完全可直接拿它当柴火烧。花贩说，这是枯枝杜鹃呀，泡水里养着，让它晒晒太阳，一个星期准能开花，花好看着呢。我将信将疑，买一把回家，依言将它泡水里。不几日，它真的吐出一瓣瓣紫粉来，僵死的枝条变得生机盎然。我惊喜得不得了，拍了照上网与人分享。立马有人在后面义愤填膺地指责我，你这么个温暖的人，竟也充当起残害枯枝杜鹃的爪牙？我吓一跳，一头雾水，赶紧寻问怎么回事。那人丢一个白眼给我，发来一个链接，是段新闻报道。我看完后，心里很不是滋味。新闻报道里说，此花是野生的兴安杜鹃，又称达子香，生长在东北的崇山峻岭中。自从人们发现它的商业价值后，一哄而上，滥采滥伐，使它的数量越来越少。而它的再生力却不强，长此以往，它将濒临灭绝。那之后，我再没买过它。自然界的任何一个物种，数量都是有限的。我不知当再也见不到它轻盈的身影时，这里的山，该是何等的寂寞和荒凉。

谷口窄窄的，我以为是座小山。进去后才发现，里面藏着大乾坤。山坡陡峭，有的地方需手脚并用，方能爬上去。山上的石头如竹笋一样长着。一条溪流曲里拐弯的，不见头尾。时而奔腾呼啸，如千军万马踏蹄而来。时而叮叮咚咚，如素手调弦。跟着它走，有关这座山的春的秘密，便一一被打开。

眼观之处，草木都好好地绿了。花都好好地开了。叶子的初绽，如花朵新冒出来的小花苞一般，稚稚的可爱。有一种叫千金榆的树，凑过去细看，会发现那黄绿的嫩叶片上，描着一道道细细的褶子，均匀密布。我心想着，若拿它裁剪裁剪，做个绿绿的小灯笼，或做把绿绿的小扇子，真真不错。天工最精妙的地方，就是在这最细微之处。你以为的普普通通，其实，都藏着匠心和可爱。

野花多不胜数。有一种野花叫荷青花，成片开着。花瓣儿圆头圆脑的，艳黄。它跟荷花怎么沾亲搭故了？我仔细打量，发现它的蕊，像极荷花的蕊。黄黄的一撮儿，花丝很长。

菱叶绣线菊实在好看，伞状花序，五瓣一朵。细白的小花，形似梨花，却比梨花更显秀气小巧。八朵或五朵簇成一撮。它有个别名好有意思，叫范氏绣线菊。是姓范的妇人，用针线绣出来的么？想那妇人的手该有多巧啊。

鄂报春的花有桃粉的、玫红的和淡紫的，五瓣，均匀摊开，每一瓣都像一只小蝴蝶。我实在禁不起它的诱惑，采下一把来，编个花环，戴在头上。我的头上，便息着数只小蝴蝶了。

异花孩儿参太有特点了，叶子似繁缕的叶子，茎细细的，如蚕丝一般，托着一朵小花。花朵白白的，花蕊像一粒薄荷糖。它是要请春天吃糖吗？我有个冲动，想沾沾春天的光，尝一尝那“糖”的味道的。

槭叶草攀着岩石而长，叶子肥大，背面红色，正面青褐色。花朵有意思，离着叶子老远，擎着一簇小白花，像只缀满珠翠的簪子。

鲜黄连太好看了，叶子如小小的荷叶和莲叶，花朵酷似荷花，紫色的。总是两朵结伴着开，仪态万方。

樱草的花有些羸弱，像个小风车。一阵风来，它跟着转动起来。它是不是有些桃红的愿望，要托春风带到别处去？一朵花也是有愿望的。

野鸢尾都趴在草窝里聊天呢，一堆一堆的。婆婆丁最是活泼，赤脚奔跑，满山乱窜。

这些春天的小儿女啊，我在心里面这么快乐地叹息着，也就到了山顶。越过山顶，眼前突然开阔起来，草地舒缓，鲜花遍地，一条溪流如白蛇似的，扭着身子，从草地中间穿过。恍惚中，我以为走到一片草原了。草地尽头的山坳树杪间，有村庄隐约可见。听白山的朋友说，里面住着十来户人家，他们养猪养羊养鸡养鹅，白天这些动物们都到山上来，吃草吃花吃果子吃虫子，晚上自行回家，不用人看管的。

真替这些动物们高兴，它们能拥有这样一片天地。我遥遥望着掩映在绿树中的村庄，很想越过一些石头走过去，随便叩开一家门，像迷路的一个人，让他们收留我。这想法让我又快乐又忧伤，竟不能自已地想流泪了。

不知不觉，天色有些暗了，月亮早早爬上山顶。半夜里，它会不会溜下来和山里的春天相会？它会抱抱那些小花，喝喝清清的溪水的吧？我看到一只瓢虫，趴在一朵荷青花上玩。我看了它好久，它都没有挪窝。它是把那朵荷青花当作亲人了。

看秋

这样的天，实在不宜闷在屋子里。

大地是斑斓的。天空是晴朗的。一垛一垛的云，松软在天上，像发酵好的面粉，就要蒸出白白胖胖的馒头了。

随便捋上一把空气，也都是香喷喷的。这个时候，桂花的香，也总能拔得头筹——桂花实在太香了。

我自然是坐不住的，出门吧，去看秋。

临出门前，我重新梳了头，洗了脸，薄施粉黛。我搞得有些庄重了。

嗯，我就是要庄重一点，我想着跟秋合影时，不至于太掉它的价——它是那么美，我也要尽量美一些。

很多个秋，它们聚拢起来，又四下里分散。栾树上坐着一个。桂花树上坐着一个。合欢树上坐着一个。紫薇树上坐着一个。银杏树上坐着一个。梧桐树上坐着一个。石榴树上坐着一个。我低头，咦，路边不起眼的草尖上，也坐着一个。它们嘻嘻哈哈，欢实雀跃，或穿红衫，或着黄裙，通身的气派。唉，简直太气派了！

人跟它们一比，人显得真是寒酸。即便通身绫罗绸缎黄金美玉，却很难有发自内心的欢愉。

欢愉才是真正的富足。欢愉是会发光的。

我一个一个看过去。我很想给它们念念诗，想了半天，也只有刘禹锡写的一句“我言秋日胜春朝”，配念给它们听。

绝色

秋天的叶子，要是来场选美，个个当得上绝色佳人。

霜叶红于二月花——千年前那场惊艳，其实，在每个秋天都邂逅着。

不独独是枫叶，不独独是黄栌叶，不独独是朴树叶，不独独是银杏叶，不独独是梧桐叶，不独独是榆树叶，不独独是黄金树的叶或西府海棠的叶，它们自然都是以燃烧的姿势，把秋给点燃了，红是红到顶点的，黄是黄到顶点的。直至燃烧成灰了，才肯罢休的吧。

还有爬山虎的叶。一面墙上攀爬着，那面墙像涂满了红红黄黄的油彩。

还有紫薇树的叶，艳得更入骨，一见它，你的心跳就不由得加快。它简直就是蛊惑人的小妖精。

我在德州古运河边走着，遇见一树一树着红妆的紫薇，那么灼灼其华，那么跳跃出众，只能用“绝色”二字来配。

我不知道怎么办才好，只好对它们傻笑。

它们狂欢。它们觥筹交错。它们载歌载舞。咦，它们没醉，倒把我这个看客弄醉了。

隔不远的河边长椅上，坐一着青衣的男人，他背对着一树一树的绝色。我很想那人掉头看看这些狂欢的叶子，那人却没有，那人在看水。

水里面有什么呢？我跑过去看，水里倒映着河岸边的柳。柳枝的绿里头，已打上了一些金络子。那些金络子倒映在水里面，活像活泼的小金鱼在游。

我理想的秋天

秋雨落下一分，秋意便加深一分。

出门，真的嫌凉了，得加一件外套了。

凌晨时，被两只猫的打架声吵醒过一回。雨声滴落中，它们凶悍地咆哮着，你死我活般的。我担心着，会不会是那只小白猫被欺负了。

小白猫迷人，像只小白狐。它正常在几棵桂花树下活动。它傻乎乎盯着一个地方看的姿势，憨得叫人心尖儿发软。我有时停下来逗逗它，它便乖乖地看我，但不允许我走近。

这会儿，我看到几只猫跳跳蹦蹦，你追我逐地，从草地上，奔着一排冬青树去了。夜里的那场战争，似乎只是我做的一个梦。小白猫的身影，出现在桂花树下。我放下心。

桂花的香，已播得差不多了。余味淡淡的，在薄雨里，均匀地洒着。栾树的果实，已由浅红，变成深红，红灯笼高悬，举世同庆。紫薇的花，彻底谢落，叶子上开始描红。合欢树上，挂着坠落的一只风筝。那风筝看上去，真像一条彩色的鱼啊。

风在摇着，摇起了一些色彩和味道。秋天要做的事，似乎有很多，草在结籽。果实在成熟。稻子们在滚金。叶子在赶制它们鲜艳的旗帜，准备远行。虫子们忙着搬运食物，迎接冬眠……

我也挺忙的，听秋声四起。品尝风中秋天的味道。傻看秋雨染红一片枫叶，也能花去我半天的时间。对于我们人来说，秋天，你只要准备好你的眼睛、耳朵、鼻子、舌头，和心，好好享用就是了。我理想的秋天，就是这个样子的。

秋已半，物华忙

早起时，已不闻虫子的叫声了，只有鸟声一两滴，响在树木深深处，有着清凉的况味。

真正的秋了。

栾树上的花，掉落一地，地上像滚着一堆儿的碎金。枝枝杈杈上，开始挂起“红灯笼”。昨日见着色泽还挺暧昧的枫树叶，今日去看，已然红了。银杏的果实可以摘下来了，微波炉里稍稍转两圈，剥开，里面的果肉又软又香。

桂花的香气，悄悄泛滥。想吃桂花糖藕了，就去市场上买两节莲藕回来——莲藕正当时。季节从不空手而来，它给人的礼物总是如此丰厚。

秋蚕正忙人。我妈拖着衰老的身躯，成日价埋首在一片桑树地里。温言软语劝过她，疾言厉色批评过她，让她不要再养蚕不要再养蚕。她固执不听，理由简单得叫人发笑：那么好的桑叶啊。

那么好的桑叶，不喂了蚕，真正可惜，可惜得足以让我妈心尖儿疼。

我妈的一生，注定是忙碌的一生。她用忙碌，喂饱她所有的时光。

秋已半，物华忙。生命不息，忙碌不止。这是生命赋予的本能吧。

富足

清晨，我慢慢踱去离酒店不远的小广场。

这是重庆。小广场上的杜鹃花开得好。金鸡菊也开得好。李子树的叶子红了。银杏树的叶子黄了。樱花的叶子也黄了、红了。

无风。树上的叶子兀自掉落，落下许多来，滚成一地的碎金。

有个着蓝衣的老者，持着把大扫帚，在清扫着这些落叶。

他前面清扫，叶子在后面又紧跟着落下来。他不停地扫，叶子们不停地落，简直落得有些恶作剧了。老者停下扫把，仰头看树，笑着摇摇头。如同面对一个顽皮的小孩，你能拿他怎样？这些落叶的顽皮，让老者无可奈何。

有熟人路过，老者和他说说笑笑。地方话我听不太懂，却有着和睦亲厚。我看他们，他们也看我，有银杏叶掉落到他们肩头。

我笑笑，去捡地上的银杏叶。

那么多。我像遇到一座宝藏了，数不尽的珍宝，我可以任性地挑拣。

老者好笑地看我，突然弯下腰来，捡一枚完好的给我，说，这个漂亮。

我很欢喜地收下，认真地道谢。

我仔细打量每片银杏叶，它的肌理可真漂亮，细细的纹路，如用削尖了的铅笔描出来的。一笔下来，再一笔下来，均匀排列，一路到底。摸上去的手感也极舒适，有着棉布的亲和柔软。细细的叶柄也是好看的，与叶，浑然一体。它多像用黄金雕镂的一把小扇子。

我捡了几十把这样的“小扇子”。这个寻常的秋日清晨，我富足得要流油了。我要在我喜欢的书里面，夹上这样的小扇子。喜欢的本子里，也都夹上。

中秋散记

一

几天前，那人就在规划，中秋这天吃什么。

他兴致勃勃的，想过一个很像中秋的中秋。

——买几只螃蟹，包些藕饼，无非就是这些。对我来说，这些早就没有期盼，没有激动了。

月饼也只是应应景。谁还真吃这个？太甜太腻了。

但我们还是很认真地做着准备。

也去买冷锅饼。这几天，街上的烧饼摊，都不做烧饼，而改做冷锅饼了。吾乡风俗，中秋这天，是要吃冷锅饼的。

说起这冷锅饼，它的诞生，是与“穷”字挂钩的。从前人家，穷字当头，中秋这天，哪有钱买月饼啊。可孩子们馋啊，他们掰着小手指，盼了不晓得多少天了，好不容易盼来个中秋，却没有月饼吃，多失望多难过啊。大人们很是过意不去，就用面粉烙成冷锅饼，来替代月饼。从前，吾乡人家家家会做冷锅饼的。

看着摊子上圆圆的两边焖得焦黄的冷锅饼，我不由自主地百感交集起来，眼前闪过年少时的一些镜头：

一个脸上长了很多雀斑的姑娘，趁老师不注意，从书包里掏出冷锅饼递给我。中秋这天，她家里烙了很多，而我家里却没有，作为同学的她，就偷偷给我带了。

我在村子里唯一一家小商店门口晃，一会儿走过去，一会儿走过来，搞得里面那个面皮白的吴会计挺纳闷的，终于开口问了，丫头，你想买什么？我的脸红了，逃也似的跑了。我哪里要买什么，我也没有钱买什么，我只是想多闻闻那好闻的月饼的味道。那几天，那个只有两间平房的小商店，在我眼里，就是个蜜罐——它用一口大缸装着月饼哪。我很想化身为一只小老鼠，钻进去，钻进去。

月亮从厨房后的竹林里爬上来了，爬到竹梢头，我们想着，要是哪一天，能得到一只像月亮那么大的月饼，该多好。爷爷终于从外面归来，我们蹦跳着去迎。他手里提着牛皮纸包着的月饼，我们老远就闻得见那甜。煤油灯下，奶奶拿刀小心切开月饼，一个孩子手里放一块。我们比较着谁手里的大些，谁手里的小些。为这个大与小，还要吵上一通嘴。怎么舍得一口吞了那甜？只伸出舌头，慢慢舔。舔一下，心尖会跟着颤一下，哇，太幸福了！那一小块月饼，中秋晚上基本是“吃”不掉的，拿牛皮纸细细包了，留着第二天再吃。总要好几天，才吃完。

那个时候，空气都是雀跃的，心是被甜蜜浸渍着的。真是怀念那样的中秋，虽清贫着，却拥有纯粹的快乐。

我买几只冷锅饼，打电话问在上海读研的儿子，中秋回来吗？

他犹豫了会儿，说，不吧，我跟同学约好了，去听个演唱会。

那，一定要记得吃块月饼，赏赏月，我很絮叨地再三叮嘱。儿子这一代人，早已淡化了对节日的仪式感和隆重感了。中秋在他眼里，也只是寻常的一天而已。我却那么想拽住他，想让他感受到，总有些日子，是不一样的日子。

人生因有着这样的不一样，才有着像烛火一样的光亮在。生命本是一场向光而行的旅程。

二

天空真是好，蓝是分外的蓝，白是分外的白。

风也真是好，不轻不重的，和和气气的。

这个中秋，老天给的福利真不赖，晚上可以赏到一个油汪汪的月亮了。

栾树金黄的花，飘了一地，季姐在清扫。我走过时，她叫住我，说是又给我们带了一把新鲜的葱来。

季姐家在郊区，有几分地，种些菜蔬自己吃。隔三岔五的，会给我们带些来。

我们有纸盒子旧报刊的，也都会留给她。她收这些，换钱。

投之以桃，报之以李，这古老的品德，使得人与人之间，有了亲近和信任。

我很愿意自己也是承袭和践行这古老品德中的一个。

季姐送的葱，我们包了藕饼。那人是第一次做这个，手忙脚乱的，弄得灶台上一片凌乱。我帮他收拾残局，教他怎么剁馅，怎么切藕，怎么和面，怎么煎炸。我也没做过几回，只是凭感觉。我以为，做美食和绘画、写作是一个道理，只要有一颗热爱的心，就好了。

我做出来的藕饼又好看，又好吃，让他赞不绝口。

饭桌上，我喝了半杯红酒，他喝了半杯白酒，共祝节日快乐。

两个人欢欢喜喜地在一起，就是最好的日子。

我们笑着聊起曾经的浪漫事。有一年过中秋，两个人一拍脑袋，携了酒菜，去一条河边。河边有亭，我们就坐在那亭子里，一边喝酒，一边赏月。

有出来散步的人，看见我们，十分好奇。又不好意思走近了看，只在不远处徘徊，惹得我们大笑不已。

十分好月，跌落在我们的杯中。那样的夜晚，暖了我们许多的日子，宜写进诗词中。

三

给我爸打电话。

我爸才出院没多久。他的身体一天不如一天了。他对我说，我这是过一天，少一天。这话，我爷爷曾经也对我说过。爷爷走了近十年了。

在岁月跟前，无论王侯将相，还是普通百姓，都是无可奈何的。我很诚实地点头，对我爸说，是的爸爸，我们每个人都是过一天少一天。所以，我们才要把这有限的一天天过好了。所以，爸爸，你和妈不要再拼命忙农活了，能吃，你们就多做点好吃的。能穿，你们就多买点好穿的。能玩，你们就多玩玩。把家里收拾干净了，把家门口的花草打理好，开开心心最重要。

我爸答应，好，我们不拼命了，我和你妈，现在也想开了。

这个中秋，他和我妈被我姐接回家了。他在电话里的声音是近两年来少有的爽朗，梅啊，你放心，我和你妈现在过得蛮好。

好的爸爸，祝你和妈中秋快乐，我笑着说。心却莫名地抽搐了一下，我爸还有几个中秋好过呢？我们，又有多少个中秋好过呢？

风送来桂花的香，有泪忽然盈眶。今夕还能闻见桂花香的人，都是有福之人哪。

四

我取消了原本去海边赏月的计划。

身边的月亮好好的，干吗要舍近求远呢？“团团离海角，渐渐入云衢。此夜一轮满，清光何处无”，我挺喜欢这首浅白的诗的，哪里的月亮，都一样地洒着清光。

傍晚六点钟，和那人一道出门，向着通榆河边走去。那里有绵延十里路的沿河风光带，多树木花草。我们走了没多远，就遇到了月亮。它也是刚刚出门，一张圆溜溜的粉脸上，涂着胭脂，红扑扑的。

等我们走到河边，月亮也走到河边了。河水已洗去它的胭脂，它的脸变得清澈明朗，胖乎乎水汪汪的。它在河的上空荡着秋千，水面上摇荡着它的影子，颇似点了千万盏灯笼，这些灯笼连成一条光的溪流，潺潺湲湲。

我们又站到一座桥上去看它。有船开过来，碾碎了一河的月光。船走了，那些碎碎的月光很快又聚拢到一起，一条灯光的溪流，晃晃悠悠。

桂花的香气袭过来。桥的那头，有好大一片桂花林。我们走过去，坐到桂花旁。夜很夜了，月亮南移，在一棵高大的榆树上头，像一张古老的唱片搁在那儿。一些古老的歌谣，如水般流淌下来，天地万物，都是它的音符。四周的虫鸣声，如急雨乱溅，桂花放着香，我们深深吸一口，再深深吸一口，肺腑都是香的。800多年前，也是这样的夜晚，辛弃疾于月明秋晓下，折得三两枝桂花插在小窗上。他心满意足地叹，无顿许多香处，只消三两枝儿。真好，三两枝桂花，就香了一个人的灵魂了。人生不起贪念，满足于自己得到的，方能品出人生真滋味。

我们聊到一个共同的朋友，可惜着他的英年早逝，一抹青烟散去后，少有人再提起他了。年年中秋月相似，岁岁中秋人不同，一生之中，我们真正能握住的是什么呢？就是此刻，就是当下啊。当下的这一捧月色，一汪虫鸣，一口一口的桂花香。

那么，就好好握住吧。不错过活着的点滴美好，这人生，也就值了。

小池塘

小池塘真小，如一口缸，安放在一座叫大夫山的山里。

一捧清水汪着，绿莹莹的，深幽幽的。这使小池塘看上去，很像一颗深情的眼睛了，秀珍，迷人。

我记忆里的老家，多的是这样的小池塘。每几户人家，就共用一口。塘里的水，滋养着我们，也滋养着我们的猫和狗、鸡和鸭、猪和羊，也滋养着我们的麦子、玉米、水稻和棉花。

塘里面长着菱角、浮萍，有时还会冒出几朵荷来。常住居民有蜗螺、河蚌和小虾，还有泥鳅。泥鳅浑身光溜溜的，喜欢潜藏在塘底的淤泥中。我们称之为长鱼的黄鳝，则喜欢在水岸边的湿泥里打洞，跟蛇一样的猫在里面。最活泼调皮的，要数小鱼们了。我们唤作小踩鱼的小鱼，最大的不过一指长，却好动得不得了，成天在水里面追逐戏闹，吐着一个一个的水泡泡玩。

夏天，塘里面来了许多的不速之客——青蛙，它们嗓门大得很，不分日夜地猜拳划掌，把小池塘闹翻了天。我们扛着澡盆，呼朋唤友，到小池塘里捉鱼去呀。到小池塘里逮泥鳅去呀。到小池塘里摸蜗螺去呀。到小池塘里摘菱角去呀。到小池塘里洗澡去呀——我们的童年，是在它里面泡大的。

这里的这个小池塘，周边多草木。黄槐的花，远看去，像窝着一撮的蛋黄。朱蕉的叶子，紫紫的红，比花朵还艳。这些草木岸上一个家，水里面一个家。和草木们在水里面同住的，还有一角天空。夕阳西下，天空向水里面抛下了无数的糖果。我想，在夜晚，天空一定还给小池塘抛下钻石一样的星星。趁清风不注意，天空还会把一颗月亮藏在水下面，等到天黑的时候，再把它放出来，由着一群小鱼，把它当小船，划来划去。

鸟也天天来这里，对着小池塘梳洗打扮。来这里的，还有各种各样的虫子。

我是偶然路过。而这偶然，焉知又不是命运中的必然？

我在塘边徘徊了许久。走的时候，我悄悄地打捞起一个童年带走了。

野人家

有一首写野人家的诗，非常的好，我常推荐了别人读。在我，是很喜欢这样的野人家的。我相信，没有人不喜欢。虽说野人家的生活不乏艰辛劳苦，然而，它却有着这个世界上最可贵的品质：朴素、厚道、温暖、宁静。

诗是南宋词人陈允平写的：

绕江生杜若，满地长辛夷。剪草抹新壁，褰藤缚旧篱。

瓦瓶春贮酒，土灶夜蒸藜。独步归来晚，东皋雨一犁。

这样的野人家，好比植物一般，像是从大自然中长出来的。在林外。在深山。在少有外客来访的地方。茅檐几间，篱笆圈出小小院落。屋前有树，屋后有河。屋旁有坡，坡上种植桑麻。

这样的野人家有儿有女，活泼得如同小溪流。他们饱满结实，健康平安，他们熟知地上的野花，天上的飞鸟。每到傍晚，茅屋上头准会升起炊烟，袅袅的，与夕阳作别。这个时候，牛羊缓缓归来，鸡鸭进舍。天黑了，关起柴门。一豆灯下，家人围坐，瓦瓶里春天自酿的美酒散发着醇香，土灶上蒸熟的野菜冒着热气。外面的世界无论风雨沉浮，无论繁华冷落，与他们有什么关系呢？他们一家人在一起，就是全世界。

这样的野人家的院子从不上锁，路过的皆是客，哪怕是一只熊。

听过这样的故事：冬天里，雪积得深厚，一只熊找不到吃的，饿急了，一头撞进野人家的院子，轻敲野人家的门。这家人打开门一看，呀，是一只熊啊。那，请进来吧。宰了羊来招待它。熊大餐一顿而去。后来，这家人经常在家门口发现猎物，有时是一只兔子，有时是一只野鸡，都是熊送来的。如是经年。

熊都能受到野人家的如此礼遇，人就更不消说了。北宋的苏轼敲过野人家的门讨过水喝：

酒困路长惟欲睡，日高人渴漫思茶。敲门试问野人家。

而南宋的陆游呢，不单在野人家讨到了水喝，还在人家家里留宿了：

避雨来投白版扉，野人怜客不相违。林喧鸟雀栖初定，村近牛羊暮自归。

土釜暖汤先濯足，豆秸吹火旋烘衣。老来世路浑谙尽，露宿风餐未觉非。

那日，年迈的陆游一身湿漉漉，冒昧地前来避雨投宿，野人家一点儿也没嫌弃和设防，他们为他烧了一锅热水泡脚，又为他燃起一堆火来烤衣。饱受过无数风餐露宿之苦的陆游，那一刻，被人世间纯朴的温情意外击中。这偶然的一次遇见，成了他余生里的一粒光。

我也曾相遇过这样的野人家。在波密，在一片松树林子尽头。当时，我在林子里转着转着，就迷了方向，走进一户野人家的院子里。院子里，两棵桃树，正灼热地开着花，微风轻拂，花影荡漾。男人，女人，和他们的两个娃，在荡漾的花影里吃午饭。见到我，都停下筷子，略略惊讶地看了看我，旋即笑着起身招呼。待弄清我是迷了路时，一家人热情地邀我一起吃饭，后又好心地把我送出林子。

这世上，日月穿梭总是太快，灯红酒绿里，有着太多迷失，幸好还有这样的野人家，稳稳地扎根在我们所在的大地之上。

灵魂的暗语

我养了一只猫。猫是我散步时捡的。

我又养了一只狗。狗也是我散步时捡的。

两个来自不同世界的小东西第一次见面，表现得极不友好。猫看见狗进家门了，它的第一反应是震惊，吓得跳到窗台上，冲着狗又是吹胡子又是瞪眼睛的。

狗也是大大吓了一跳。它还小，是只没见过多大世面的狗。它看着猫居高临下，恶狠狠对着它，竟吓得往我的脚后跟后面藏。

这之后，猫狗之间常常发生战争。最初是猫占上风，它霸道得很，抢狗食，占狗窝，还趁狗一不注意，扑上去挠上一把。等狗反应过来，它已跳到窗台上，得意地冲狗甩尾巴。

狗能有什么办法呢？顶多是汪汪几声，表示抗议。

不过，这等局面并没有维持多久。狗成长得太快了，不过两个月，它的块头，已远远超过猫了。猫见了它要躲着走了。

狗终于翻身做了主人。它抢猫的食，占猫的窝，猫也不敢吭一声。有时，猫不知怎么惹着狗了，被狗撵得四处藏。我不得不出面干涉，批评了狗，又批评猫。它们乖乖坐我跟前，表示虚心接受我的批评。然等我一转身，它们又打斗起来，一副水火不相容的样子。

我跟我爸商量，打算把狗送到乡下去。猫和狗在一旁，似乎明白了什么，它们紧张地盯着我看，就那么盯着，眼神纯净。直盯到我放弃，我说，好，只要你们从今以后能和睦相处，我就不把你们分开。

说来也怪，从那天起，猫狗之间，就再没打斗过。它们成了很好的玩伴，如影随形。它们会同玩一只小球，你追我赶。会同追着风里面的杨絮跑。会身子挨着身子蹲在院门口，安静地看天，看地，看院门口的海棠花。

有一天晌午我归家，看到猫和狗挤在一块儿睡觉。猫的整个身子，都蜷在狗的怀里。它们睡得又甜又香，风雨不动。

我笑着看，看得心里面长出柔软的水草来。这世上，生命与生命之间，一定有一条秘密通道。这条秘密通道，叫灵魂的暗语。

最好的修行

看一本闲闲的书，是一个人写他远离都市，在某座山上独居的日常。

农家小屋在山上，年久失修。这个人买下，修修补补，在那里过上“神仙日子”，养鸡养鹅养猫养狗，种花种草种云种雾。这有点类似于梭罗住在瓦尔登湖畔。

这样的日子，看似如诗如画，却不宜效仿。至少，我不会去效仿。一个人的心如果真的静下来，再闹的世界，也会跟着静下来，未必就要到深山老林里去。

我想起我的一个学生。有次我路过他的城，他请我吃饭。饭桌上，他竭力向我推荐一高僧，一定要我去见见，说那是个奇人。

奇人高僧当年是在五台山（山名或许我记错了）修行的。一日梦中，得佛指点，说南方某座山上，有庙一处，年久香火已断，等着他去执掌。他寻来，果真在山上的杂草丛中，找到已成断壁残垣的庙宇。他搭窝棚住下来，一砖一瓦修理。又清理掉周围的杂草，铺了一条山路到山下，前后费时八年。就这样，一人，一庙，始为人知，香火渐旺。

奇的不在这里，奇的是这个高僧，一年四季只一身僧衣，从不换洗。他脚上也从不穿鞋子，哪怕数九寒冬，他也打着赤脚。却闻不到他身上有一丁点异味，也没见他伤风感冒过。

我动心了，真的随了我的学生，去拜访这个高僧。

去时，天气炎热。高僧坐在一张四方桌旁，正对着一群香客侃侃而谈。一间厢房内，传出女孩的号叫声。据说是精神出了问题的，被家人送到这里疗治。

我听得震惊，高僧却仿若未闻。他给我泡一杯黑黑的茶，继续他的高谈阔论。身上的僧衣，看不出布的原色了。脸上铺一层厚厚的黝黑，我不知那是垢，还是皮肤色。我坐得离他近，浓烈的汗馊味，一阵一阵扑过来。

出于礼貌，我耐着性子听他侃。他侃的，居然都是微信圈子里的热门事件，我还听到不少影星的名字。他的手旁，搁着他的手机，他不时拿起来翻翻。

午时，他留我吃斋饭，我婉拒了，逃也似的下了山。我的学生很尴尬，跟我解释道，一年前，这里还没通水，也没通电，没通网络，高僧不是这个样子的，他是一心修行的。现在接通了水电，接通了网络，他对外界一时也好奇了。

我笑了，我说无妨，这山上的花倒是开得不错的。

那是些红蓼和野桔梗，一枝枝，都是鲜丽干净的。

修行原不在于是不是处在庙宇之中，而在于一个人的内心是否干净。花朵都是从泥土中长出来的，花朵却是那么干净。干净，才是一个人最好的修行。

决明

巫山多决明。秋天，我路过巫山，在江边散步，遇到了好多棵决明。在满眼的秋色之中，它的花朵，别具一格，煞是夺目。

决明的叶子，类似于槐树叶。花朵却比槐花要大得多，圆头圆脑的五瓣艳黄，环成一张天真的笑脸。三五朵一群，挤在一起，嘻嘻哈哈着。我猜着，它跟槐树肯定是亲戚关系，应该是槐树的表亲。查阅资料，果然，有叫槐叶决明的。

它的名字给我一种“悬壶济世”的感觉。它的药用价值也的确很高，种子有清肝、明目、通便等功能。

杜甫曾写过一首诗夸它：

雨中百草秋烂死，阶下决明颜色鲜。

着叶满枝翠羽盖，开花无数黄金钱。

秋雨连绵，一片秋草枯败之中，独独台阶下的它，颜色鲜艳着，枝叶青翠，花朵金黄。这样的鲜亮和光明，是一味上好的药，治愈的不单单是受伤的眼睛，还有黯淡的心灵。

杜甫的决明，想来也是巫山的决明吧。他曾淹留巫山一带，写下大量有关巫山的诗句。其中有首写秋夜巫山的萤火虫的，读来很有意味：

巫山秋夜萤火飞，帘疏巧入坐人衣。
忽惊屋里琴书冷，复乱檐边星宿稀。
却绕井栏添个个，偶经花蕊弄辉辉。
沧江白发愁看汝，来岁如今归未归。

杜甫写这首诗时的心境，有点苍凉，然苍凉的底色上，却又有着叫人着迷的生趣。你看哪，秋夜凉透，星星也稀，可是，却有一只只快乐的萤火虫，穿帘入户，一会儿歇在人的衣上，一会儿又去翻弄屋内的琴和书。一屋的寂冷，被它们搅出了温度。它们穿梭在屋檐下，又绕着井阑闲闲飞，倒映在井水里，井里面似乎也添了数只萤火虫。它们又去撩拨院中开得好好的花，撩拨得每簇花蕊，都发出光来。那花，十有八九，就是决明。杜甫最后的一句发问，来岁如今归不归？真正叫人感慨呢，我眼前的决明，明艳一如千年前的那个秋夜，却早已不见了当年的萤火虫。

年轻的妈妈带着她的小娃娃来江边玩耍。小娃娃迈着两条小胖腿，扑到栅栏边，他看到决明的花了，像发现了新奇的事物，小手指指着那些黄花，嘴里发出快乐的“哦哦哦”的声音。妈妈蹲到他身边，柔声地配合着他，哦，宝宝，这是花呀，好看的花呀，是不是呀？小娃娃尚不会说话，他继续用“哦哦哦”来表达他的欢喜。哦哦哦，哦哦哦，他一连串地“说”。小手指一直指着花，兴奋得不得了。

我有些羡慕这个小娃娃了。我其实也很想这么“哦哦哦”叫两声的，但我还是把我的欢喜往下压了压。好些年了，我做着成年人，一时半会已学不会做个孩子了。

郑板桥的竹子

历史上不乏爱竹之人，但能把竹爱到与他本人不分彼此地步的，要数郑板桥了。

看郑板桥画的竹，看着看着，总觉得那是画的他自己，或悲或喜，或坚定或豁达。他有多少种情绪，他笔下的竹，就有多少种。

他不是个幸运的人，幼时丧母，中年丧妻，大多数时光都处在困顿之中。四十岁中了举人，四十九岁才当上县令，因为人耿直，从仕之路，并不曾为他赢得多少生活的福利。他却无怨无悔，他要做的是“四时不谢之兰，百节长青之竹，万古不败之石，千秋不变之人”，而其中的“百节长青之竹”，才是他最真实的写照。

赏他画的竹，是要跟他题在上面的诗一起赏的，那是竹的心声，也是他的。

比如：

我有胸中十万竿，一时飞作淋漓墨。
为凤为龙上九天，染遍云霞看新绿。

这是气吞山河的竹子。这个时候，他还年轻着吧，虽陷于困顿，胸中却有豪情万丈，一飞冲天，化作绿意，四下里荡漾。

比如：

秋风昨夜渡潇湘，触石穿林惯作狂。
惟有竹枝浑不怕，挺然相斗一千场。

这是具有斗士精神的竹子。人生路上，虽有狂风乍起，但只要怀抱一颗坚定的心，再大的风，又能奈我何？

比如：

淡烟古墨纵横，写出此君半面。
不须日报平安，高节清风曾见。

这是具有高风亮节的竹子。世之浑浊，却难掩其精神的高度，纵有丹青，难绘。

比如：

衙斋卧听萧萧竹，疑是民间疾苦声；
些小吾曹州县吏，一枝一叶总关情。

这是心怀慈悲的竹子。他为官十二载，最知民间疾苦，一枝一叶的颤动，才是人世间最大的温情和安慰。

比如：

乌纱掷去不为官，囊橐萧萧两袖寒。
写取一枝清瘦竹，秋风江上作渔竿。

这是具有洒脱精神的竹子。他终不屑世俗名利，辞官回家，两袖清风，情愿在秋风的江上，与鱼戏乐。

他的一首七言绝句《竹石》，曾是许多人的座右铭：

咬定青山不放松，立根原在破岩中。
千磨万击还坚劲，任尔东西南北风。

年少时，我也曾把这首诗抄在笔记本上，伴我度过很多迷茫又困惑的时光。

现在我最喜欢的，却是他写的这一首《竹》：

一节复一节，千枝攒万叶。
我自不开花，免撩蜂与蝶。

这是看开了，看透了，不屑了。是的是的，我只管长我的竹节，攒我的叶子，才懒得去撩拨蜂与蝶哩。口吻淡淡的，心志却坚定而从容。真好，活到一定境界了。

只是郑先生不知，竹子也开花的。古书上就有关于竹子开花的记载：“竹六十年一易根，而根必生花，生花必结实，结实必枯死，实落又复生。”竹子开花是一件悲伤的事，它一开花，一结果，生命也就走到尽头了。然这又很符合自然生长规律，花开结果，瓜熟蒂落，生命又进入新的轮回。

孩子气

下午四点钟出门，都有些嫌晚了——太阳快落山了。

冬天的太阳，走得有些快。

我追着太阳走。从一条河，追到另一条河。从一条路，追到另一条路。

眼见着太阳的脸庞越来越红。彤红。又大又天真。它是返老还童了。

它游戏般的，从一些树梢的上头越过，从一些屋顶的上头越过，从一条河的上头越过，跑到一排房子后头去了。只露出半张脸，一边张望着，一边还在吃着糖。

——它肯定是在吃着糖的。要不然，它周边的云彩，何故会那么甜蜜，像化了一摊的红糖水？

它活得像极了我们一些老人，越老越有孩子气，越老越往那天真和单纯里头去。

我喜欢这样的老人。

一妇人牵着两条狗出来散步，狗穿着花花绿绿的衣裳，摇头晃脑的，我觉得好玩。这么稍稍的一走神，再转头看太阳，它的影子已不见了，天边只留下一摊一摊的红糖水。

我终究是跑不过它的，也没有办法，我就看看别的事物。我遇到一棵蒲公英，上面有些花朵还没开，有些已开完，结出绒球球的果。那些白绒毛就要去旅行了吧，再来一阵风，它们就跟着走了。相聚只是短暂的，别离才是永恒的。

人家的油菜地里，有一棵油菜，挣扎出点点的黄花来。它太早熟了，太迫切了。我替它寂寞，别人没开花，只它开着。

黄金树的叶子还黄着，在一片寥落中，风姿绰约。

悬铃木的叶子，掉得差不多了，枝上留下稀疏的一些，黄着，或半黄半绿着，或半黄半红着，像简笔画。我倒退几步，隔远了看，看到它上方的天空，有一枚小白芽儿般的月亮，长出来了。我看了下时间，下午四点四十七分。

我心里欢喜。我也不知道为什么欢喜。是因为那枚顽皮的夕阳吗？是因为那棵结了小绒球的蒲公英吗？是因为那棵早熟的油菜吗？是因为黄金树吗？是因为悬铃木吗，还是因为一颗白芽儿般的月亮？

再抬头，月亮似乎长大了些，像一片银光闪闪的叶子了。天也就完全地黑了下来。

你心里有香气，出门便是花

一

读到一句诗：你心里有绿色，出门便是草。

喜欢了。

我试着造句：

你心里有香气，出门便是花。

你心里有善良，出门便是暖。

你心里有希望，出门便是光。

你心里有斑斓，出门便是美。

你心里有主见，出门便是路。

二

跟紫薇树上的一只小雀，打了声招呼；跟蹲在冬青树下的一只小白猫，眉目传情小半天。那只小白猫，像极了一只小白狐；在桂花树旁停顿片刻，饱吸了几口桂花香；仰头兴致勃勃看了一棵银杏树，看它换了半面妆，一面金黄，一面还是青绿；捡起被风吹落的一枝红红的栾树果，带回家，插到我的花瓶里。我的这一天，可称上丰富多彩了。

三

我看到一朵野花，开成葱油煎饼的样子。真像一只煎饼哎，仿佛还热腾腾的，冒着香的热气。

这朵野花大约不知道它这么有本事，不知道它这么独特，它在山间一隅，曾经还默默垂过泪的吧——因为被遗忘，因为无人赏识。

每个平凡的生命，都是自己的神话和传奇。这是我从它身上看到的。

许多人羡慕我婚姻的美满，羡慕那人对我的好，忽略掉的是，我本身的优秀，足以配得上他对我的好。人生最安全的避风港，是你自己给自己营造的。做一个灵魂足够丰富，眼神足够明亮，意志足够坚定的人，你的幸福才会长长久久。

四

如果要我在天真、成熟、圆融、世故与深刻之间做选择，我选择，天真的喜悦。

我愿一辈子做个天真的人。我见世界如初见，世界见我亦如是。

笑脸

我多年前的学生回忆我，他们异口同声说的是同样的话：

记得老师你，娃娃脸，学生头，那么爱笑。老师，最忘不了是你的笑脸。

我很高兴，我的一张笑脸，让我的学生记了这么多年。且我把一张笑脸，从青春，到中年，一路带过来了。它也一定让另外见到它的人，从上面读到了阳光和暖意。

我的小区里有两个老头，一个老头人缘好得一塌糊涂，他一出门，必一路春风相拂。另一个老头，却少有人搭理，他走过的地方，总像有乌云罩着。这俩老头年纪相仿，给人的感觉，却是大大的不同。被春风拂着的老头，总是端着一张笑脸，不管遇见谁，他都笑着问好，我是很愿意看到他的。而另一个呢，却总是锁着眉皱着张脸，眼神冷漠又戒备得很，似乎所有人都欠着他的债，让人感觉别扭压抑。我每每遇见他，能避开多远，就避开多远。

偶尔听人谈起俩老头，他们的生活境况，也是天壤之别的。爱笑的老头，三代同堂，膝下孙子孙女环绕，家庭和乐。锁着眉的那个老头呢，唯一的儿子不学好，前两年离了婚。他跟老伴的关系也不好，分居多年。

一个人最好的名片，是他的一张脸。这张脸上，写着一个人的风水。风水的好坏，取决于他笑容的多少。爱笑的人，运气都不会太差。而整天绷着一张脸的人，即便是顺当的日子，最后也会被他弄得一团糟糕。

方寸一席

喜欢古琴。心情舒朗时听它，会更添舒朗；心绪不宁时听它，会获得平静。

它的音质古色古香，随意、散淡，漫不经心，似无目的地行走。因为这无目的性，反而处处遇惊喜——捡拾起鸟声数串；捡拾起花开幽微；捡拾起泉水叮咚；捡拾起光斑点点。蝴蝶与蜜蜂相爱了。蜘蛛把阳光织进它家的地毯里。小孩子丢失的小皮球，滚落在草丛中，蚂蚁们当它是神秘星球。黄鼠狼跑得可真快，一眨眼就跑进草木深深处，不见影踪了。

古琴的一撩一拨，使得你再快的脚步，在它跟前，也不自觉地慢了下来。

就像此刻，我听到这首《方寸一席》。我取消了出门的决定，重新坐回到书桌跟前，取出多日不画的彩铅，给纸上的一朵牡丹慢慢上色。日色起了，云朵在天上撒开腿脚，风从我的南窗口吹进来。卖草鸡蛋的妇人，她的叫卖声又由远及近而来。窗台上，我的墨兰开了十七朵花了。

一曲终了，山谷之音，慢慢散去，我的周遭似乎比之前更明亮了些。我点了循环播放，琴声重又响起，叮咚，叮咚，流水一般，慢慢的，又把我的屋子溢满。

廿四节气

XIA 夏 ZHI 至

节气

夏天的雨后出门，天地都是鲜亮的，仿佛脱胎换骨了一般。

——丁立梅

金城出版社 GOLD WALL PRESS

，在古琴上跳着、蹦着，如不紧不慢下
一下，再“啪哒”一下，伴着大自然的
繁花的，人虽还身在方寸之间一席之
上 盛宴。

声，在古琴的慢弹轻拨之下，越发显得
生 一年春天，在南京中山植物园入住，有
个 前来。她那时刚离婚，情绪低迷，郁
郁 ，淘气得很，整天蹦蹦跳跳叽叽喳喳
的， 起，我见到小家伙正伏在窗台上，神
情 我走过去，轻声问，怎么啦？小家伙
惊了 边，对我“嘘”了一下，压低嗓音着
急道 听小鸟唱歌呢。文友听到动静，也悄
悄走 起静听窗外的鸟儿歌唱。众鸟之声，
如露 抚慰得也跟露珠似的。我看到文友
的脸 友后来说，鸟儿唱得人的心都碎了，
让她 光了。

往 齐鸣的清澈和宁静。我已很久没有
遇见

我想煮一罐秋

我想煮一罐秋。

先煮一罐秋天的风吧。这个时候的风，丰满丰富。哪怕是细若游丝的风，也一定浸润着种种斑斓。烹煮出来的滋味，自然也是丰富的、百味的。品尝它，就像品尝我们的人生。

再煮一罐秋天的云吧。秋天的云，醇厚绵软，太像奶油了。随便舀上一勺，煮上一罐，可以当早茶来喝。

再煮一罐秋天的夕阳吧。秋天的夕阳，那么肥圆，红得透透的，像一只饱满的果实。又像是裹了无数粒糖。用它烹煮出来的佳肴，味道一定是鲜美的甜蜜的，得配了米糕来吃。

秋天的月亮，也是适合烹煮的。那么丰腴，那么澄澈。像一只水灵灵的大蘑菇。若烹煮出一罐汤来喝，汤上面蒸腾出来的雾气，也一定都是香的。

再烹煮一罐秋天的露珠和雨水吧。什么东西也不要放，就单单煮来喝，也是好喝的。那里面有桂花的香、果实的甜、月光的浓酽，和秋虫轻呢的芬芳。

若是把秋天的思念，烹煮出一罐茶来喝，够喝上一整个秋天的了。相爱的请好好爱吧。别离的，希望明年的春天可以重逢。

一个人的磁场

我养植物，基本都能活蹦乱跳地长。比如，仙客来。在别人家，它最多也只有三四个月的寿命，在我家，它却能活上一年半载，也还开着花，粉妆嫣然。

没有诀窍，我只是把它当作活的生命，当作我的朋友对待。早起问候它早安。晚上跟它道晚安。它开花时，我为它鼓掌。是真心实意一见它就欢喜，是真心实意欣赏它，赞美它，感谢它，对它微笑，和它说话。

花当知人的心意。

老子说：天地与我同根，万物与我同体。世上万物，原都可以亲近，用你的善良，用你的怜悯，用你的愉悦，用你的温和，用你干净的语言。那是一个人的磁场。

一个人的磁场到底有多大呢？似乎没人说得清。但有一点可以肯定的是，内心丑陋的人，呈现出来的样子，必是黯淡的、阴郁的，周围的环境会因他变得丑陋，他在的地方，总给人乌云压顶的感觉。这样的人，做事将处处受阻，运气不会好到哪里去。内心美好的人，呈现出来的样子，必是明朗的、洁净的，散发出温暖的光芒，周围的环境再简陋，也会被他照亮。他所到之处，花朵将更明媚，鸟鸣将更清脆，流水将更欢畅，天空将更晴朗。好运一个接一个跑向他，似乎全世界都在帮他。

琉璃香

这是首民乐。古筝弹拨，伴以琴声，叮叮咚咚，潺湲有韵，清净出尘。

是横空出世的一颗晶莹。是划破暗黑的一缕五色光。是纯里头的纯，静里头的静，光彩里头的光彩，精灵里头的精灵。

是西施眼中的一滴泪，滴落在那把叫“蠡”的剑上。多远的别离才叫别离？多深的疼痛才叫疼痛？今生相守无望，哪怕只是咫尺，也远成天涯。也没什么好说的了，只好把她的一生，凝结成这样的琉璃，封存在他的记忆中。

琉璃香。香琉璃。

谁知它曾历经怎样的烈火炙烤？又是怎样的灵魂，脱胎换骨，成就这人世一场光华闪烁？

“有色同寒冰，无物隔纤尘”，说的是它。此生，只为来见证这一场清明旷达，磊磊落落。

“愿我来世得菩提时，身如琉璃，内外明澈，净无瑕秽”，经文里的愿望多么好。可是，为什么不在今生去做呢？

我只晓得今生。今生，当如琉璃，洁身自好，灵魂清香。

一张鹤飞图

我们在扎龙湿地，看放飞丹顶鹤。

场面的壮观，让人一下不知道怎么呼吸了。那么多只鹤，齐齐从一座山丘后面飞上天空，飞过我们的头顶，发出“歌呀歌呀”之音。我想到“鹤鸣于九皋，声闻于野”，仿佛置身在诗经年代。看得呆了，等鹤飞走，才想起，还没抓拍几张照片的。后悔得很。

那人却用相机拍下了一张非常震撼的图片。图片上，一只鹤双翅张开，细长的两腿并拢到一起，长长的黑色的颈，和它的小脑袋，连同尖尖的嘴，都笔直地朝向天空。像刚刚起航的一架小型飞机。

我立即在朋友圈转发了这张图片，给它命名《鹤飞图》。下面留言者众，都被震撼到了。有人问，这是真的鹤吗？这是拍的真的场景吗？

自然是真的鹤。自然是真的场景。

人立即夸，摄影技术真好。

我冲那人心照不宣地笑，他的摄影技术，我太了解了。嗯，他的方法是，多拍，一千张里头，总能挑到一张满意的。

他看着这张鹤的飞翔图，自己都不敢相信，这是他拍的。据他讲，当群鹤飞过头顶时，他举着相机，一秒也没敢停，一直按一直按，拍了近千张，这只不过是千张里头的一张，很随机性的。

机会是留给有准备的人的，这话真是千真万确呢。有时我们做事，并不需要你有一颗七巧玲珑心，你只要有足够多的准备就行了。

美的开光

1

我要种一棵树，让思念挂满树梢，让云朵降落在上面睡觉。

2

今天阳光爽朗。风在收割云朵，像收割麦子一样的。天上的粮仓建在哪儿呢？得有多大的粮仓，才装得下这些白云朵啊。

3

别企望别人的幸福，那是结在人家树上的果子。你把自己的树种好了，自有幸福栖落其上，你一伸手，就能摘到。

4

这世上，记忆是不大靠得住的，得用文字，一笔一笔记下来。你的所有时光，便都将被文字保鲜着。等老了，取出来，做下酒菜。

5

湖泊是大地的一个酒窝，它一笑，就醉了万千众生。

6

樱花落在地上。月亮印在天上。云朵们聚在一起。天像是新翻过的田野。春天适合播种呢，种些什么好呢？种太阳吧。种月亮吧。再种一些小星星——这是秘密，不要说出来。

当明天，一轮太阳冉冉升起，谁会想到呢，它是今天播出的一颗种子长出来的。

每天的太阳，都是新的。每天的月亮和星星，也都是新的。

7

我要巴巴地告诉你。我要巴巴地告诉所有人。我不想再独享一个秘密了，它憋得我实在难受。这个秘密是，今天天上的云，蒸出了一大缸的桂花糕。如果你现在抬头看天，没准儿还能分到一块尝。

8

秋天像极了一个男人，既有帝王之尊，又有君子之风。

它私家定制了很多个勋章，以金色和红色为主。它一一颁发，给树，给花，给草，给田野，给河流，给山谷……不恃强，不凌弱，公允公正。它给每个生命以荣耀，无论这个生命之前是辉煌的，还是黯淡的，能走到秋天，都值得嘉奖。

9

庐山上的雾，是有脚的，而且那脚上，还装了滑轮。对，像极了小孩子穿的溜冰鞋。它走路时的姿态，不是飘着的，而是滚着的，它一团一团，迅速滚过来，这边的山峰立即被它藏起来。你不要动，你就原地站着好了，伸手捞上一把，哇，山峰被你捞上来了。一团一团的雾，迅速地滚远了。

10

今天天上的云朵很乖，它们温文尔雅的，只专心致志地做着云朵。

嘘，别说话，别吓着那朵偷跑出来的云。

11

心若美好与芳香，自会引来蜜蜂与蝴蝶。心若混浊和恶臭，苍蝇与蚊虫将如影随形。

12

叔本华说，人类所能犯的最大错误，就是拿健康来换取其他身外之物。

我立即停了手里正做的事。我要好好善待我这副肉身，清洁它，喂饱它，放松它，讨好它，愉悦它。还有，及时修补它，狠狠爱它。

13

每一天的安然无恙，对于你我来说，都是莫大的厚恩和惊喜。

14

夏天的夜晚，虫子的叫声是透亮的，每叫一声，就落下一颗星星。

15

每一朵云，都是魔法学校的毕业生，都藏着一身本事，擅长变魔术，会千变万化。

16

喜欢这样的清晨，没有谁来打搅我。只有风，在露水中洗过澡的风，凉凉地吹拂在身上。

17

夜晚，遇到一个大月亮，像一只熟透的大石榴。

那是谁家的庭院里结出来的呢？

18

余生要做的事不多，珍惜健康。珍惜语言。珍惜快乐。去享有日常中那一个个独特的细小的美妙。多笑。多看。多听。多闻。多幻想。回到孩子的世界。

19

每朵桂花的身上，都安装着一口小喷泉。你当心点，不要靠它太近，否则，它会淋你一身香。

20

感恩吧，我们又在明亮的清晨醒过来，头顶上有天空，脚底下有大地，鸟鸣清幽，花朵芳香。

21

有些事情的到来，是我们无法掌控的，比如疾病；比如灾难；比如叶落花谢。这个时候，我们唯一要做的，是接纳。不添乱，不自伤。

22

每晚我都会对这个世界说，晚安，亲爱的世界，我把今天爱过了。

23

欣赏一朵花吧。从它含苞，到盛放，到凋谢。那残败的花枝上，像鸟的翅膀一样张开的花瓣。第二天，你再去看，它不见了。哦，它已变成鸟飞走了。

欣赏一粒云吧。有一天，它变成了雾。变成了露。变成了雨。变成了雪。落到地上，成为河流中的一滴，被你喝进去了，成了你的血液。

24

生活本身无所谓好坏，是你的心决定了它的走向。你赋予它美好，它就是美好的。你丢给它碌碌无为，死气沉沉，它就是乏味的、无趣的。

25

我们最要关心的，不是明天怎么样，而是今天过得好不好。无论是在做事，还是在休闲，你内心充满愉悦感，这就是今天给你最大的奖赏。

26

真的，我见到一朵花支起耳朵，听到风说了一个什么笑话，笑得浑身打颤，旁若无人。

27

我遇见秋天的一棵合欢，一树的果实，如一只只小雀立在枝上。在晨光的熹微中，有百雀齐欢的壮观。

28

一片叶子，一棵草，一朵花，一泓湖水，连绵的山脉，西沉的夕阳，夜晚的星星，行走的船只，天空的飞鸟……都可能成为美的开光。活着的万物，各有光芒。

29

有时，静静地，什么话也不要说，只是倾听，就是对这个世界最大的善意和安慰。

30

哈尔滨。晨起。我看到一轮奶黄的太阳，被彩色大鸟般的云朵托着，缓缓升起。天空中，瞬间飘满了云朵的羽毛，如孔雀开屏。

31

这个有着露珠闪亮的清晨，要怎样过才不算辜负呢？你想开花，就开花吧。你想落叶，就落叶吧。一生中，总要有一个清晨，你做你自己想做的，意志自由，灵魂丰沛。

32

讲真话，做好人，有时候是一件很辛苦的事。但你会因此活得踏实心安，理直气壮，从容自在。

33

早起的荷花，头上沾着晨光的金粉，像戴着一顶金冠的皇后。

34

上天赐予我们生命，不是用来痛苦的，而是用来快乐的。每一个迷失欢笑的日子，都是对生命的辜负。

NO.5

踏莎行

这个时候，所有的情绪，都让位于春天，只一心一意跟眼前事物缠绵：天上有云朵在飘。地上有花草在摇。四野的风，吹着青绿。

望江南

自古江南，就是一个美丽富饶的地方，盛产才子和佳人。

有才子有佳人，也就有了很多关于江南的音乐和文字。

早在汉代，就出现了一首非常动听的民歌《江南》：

江南可采莲，莲叶何田田。鱼戏莲叶间。鱼戏莲叶东。鱼戏莲叶西。鱼戏莲叶南。鱼戏莲叶北。

真是真是，唱得人的心都化了。

南北朝时的江南，多梅花。春到江南时，有个叫陆凯的人，心血来潮了，折一枝梅花，托驿使带给他远在北方的朋友，却在信里谦虚道："江南无所有，聊赠一枝春"。我被他逗乐了，他这分明是在显摆，瞧吧，我们江南荒凉到啥都没有，只剩下满世界盛开的梅花了。这就像一个富人说，我穷得只剩下钱了。而那时的北方，还是草木萧萧的。

江南是这样的好，只要跟它有过亲密关系的人，无一不在心中烙下深刻的印迹。一朝别离之后，会回望，会想念，会梦见。这种情绪，很快渗透进音乐和文字里，比如一曲《望江南》。

此调源自隋炀帝。隋炀帝是个特别喜欢游山玩水的人，他曾几次下江南，对江南的风情，念念于心。于是御制了八阕《望江南》，从江南湖上的月，到湖上的柳，到湖上的雪，到湖上的草，到湖上的女子，到湖上的酒，到湖上的水，一路唱咏下来，唱咏成了他永恒的江南。

唐教坊里，把这支曲子收了进去。经过乐工们的一番重新加工，它成了一支颇受大众欢迎的曲子。当歌女们弹响这支曲子时，江南的烟雨，弥漫了整个大唐。

也就有了敦煌词中无名氏作的两阕《望江南》：

莫攀我，攀我太心偏。我是曲江临池柳，这人折了那人攀。恩爱一时间。

又：

天上月，遥望似一团银。夜久更阑风渐紧，为奴吹散月边云。照见负心人。

世上女子，哪怕活得再卑微，也没断绝掉对爱的渴望，愿得一心人，白头不相离。可惜的是，有几人能等到？但愿君心似我心，这愿望，有时美好得就像一个幻影。

却有一个女子是幸运的，她在最好的年华，得以遇见她的命中人，一番周折后，终得有情人成眷属。那是玄宗年间一个叫薛琼琼的女子，是梨园弟子中的一个，弹得一手好古筝。青年男子崔怀宝偶路过教坊，对她一见钟情，当即填了一阕《望江南》送她。只不过在送她时，他把“望江南”改成“忆江南”。从此后，她就住在他的记忆里了：

平生愿，愿作乐中筝。得近玉人纤手子，砑罗裙上放娇声。便死也为荣。

看吧，一旦爱了，就彻底低到尘埃里，为她怎么样都甘之如饴，哪怕死了，也觉得荣光。男人的这份痴情，才真是要女人的命呢，琼琼姑娘很快缴械投降，跟着他私奔去了。虽然事发后受到一些惩处，但好在风雨过后，得见彩虹了。

《望江南》还有一个婉约的名字，叫《谢秋娘》。背后的故事，也相当动人。

故事发生在中晚唐时期。这一天，注定是悲情的一天，他，李德裕，失了他喜欢的一个人——谢秋娘。

一生纵横，恃才傲物，即便遭受再多浮沉，也少有心痛的时候，但他为她痛了，那个叫谢秋娘的女子。她虽身在青楼之中，然品貌出众，才情斐然。她更吸引他的，该是灵魂上的认知。她是他眼中的一枝带露的青荷。

他们之间发生过怎样的故事呢？不可知了。总有些锦绣时光吧，他们把酒言欢，琴瑟相和。格子窗外，一弯新月，远远地斜了。

她走了，他悲不自抑，据《望江南》的曲调，撰一曲挽歌《谢秋娘》。多少淋湿的心意和相思，都在那曲中铮铮。坊间争相弹唱起来，谢秋娘，谢秋娘。弦弦复弦弦。

后来，他客居他乡，突闻邻舍笛声响，吹的竟是这首《谢秋娘》。他一时间恍惚："不劳邻舍笛，吹起旧时悲。"旧时是多久？不过一个转身，那个叫谢秋娘的女子，早已化作尘土。

大诗人白居易有感于这曲子里的悲情，一下子填写了三首，从春天的"春来江水绿如蓝"，到夏天的"吴娃双舞醉芙蓉"，到秋天的"山寺月中寻桂子"，隔着迢迢山水，江南之好，如同佳人谢秋娘，真是叫人怀念得很哪。因中有"江南好""江南忆"之句，故"谢秋娘"更名"江南好"，或叫"忆江南"。

此词调后来发生多种演变，然无论怎样演变，都离不开水汪汪的江南情结。当一口吴侬软语，细细弹唱起来，不管是小令，还是长调，都会让人沉迷其中，不知归路。

卜算子

这是以草占卜吗，还是掐指推算命数？那些叫人看不懂的卦象中，藏着天地玄机。

看到它的第一印象，我想起小时遇见的算命先生。他们都是老头儿，他们都眼盲，身形单薄。他们坐在一圈幽暗里，垂着眼睑，掐着十指，把别人的生辰八字，放在嘴里慢慢嚼，然后，唱经般的念念有词。我那时很怕他们，觉得他们神通广大，别人的命是好是坏，都是他们说了算的。

传说却与骆宾王有关。骆宾王写诗好用数字，比如“秦塞重关一百二，汉家离宫三十六”；比如“山形类九折，水势急三巴”；比如“五霸争驰千里马，三条竞骛七香车”；比如“且论二八千金是，宁知四十九年非”。人送骆宾王“卜算子”的别号，是以有了后来《卜算子》的词牌名。

然我还是倾向于它与问卜有关，是黄庭坚词中所写的：“心情老懒。对歌对舞，犹是当时眼。巧笑靓妆，近我衰容华鬓。似扶著、卖卜算。”曾是多么快意江湖的一个少年郎，才华横溢，瑰玮之文，妙绝当世，奈何流光易逝，衰容华鬓哪堪卜？且歌且叹。

黄庭坚另作一首《卜算子》，虽词里不着一字问卜，但底调已定在那儿，爱人，和被爱；相聚，和别离，永远是个无解的命题：

要见不得见，要近不得近。试问得君多少怜，管不解、多於恨。
禁止不得泪，忍管不得闷。天上人间有底愁，向个里、都谙尽。

无数诗人词人先后填写过“卜算子”，苏东坡写的《卜算子·黄州定慧院寓居作》，被推为其中最好的范本：

缺月挂疏桐，漏断人初静。时见幽人独往来，缥缈孤鸿影。
惊起却回头，有恨无人省。拣尽寒枝不肯栖，寂寞沙洲冷。

词中弥漫着浓浓的忧伤，月缺人稀，更深露重，谁能卜算出谁的孤单和寂寞？寒枝冷落，沙洲寂寥。

在我想来，管他去呢，一切顺其自然好了。捡起一片月光，收起愁怨，回家睡觉去吧。

点绛唇

这个词牌名，我喜欢得很。每次读它，我都不自觉地要摸摸嘴唇，然后，想找出一支口红来，在唇上点上一点。

它还演绎出别的名字，什么“点樱桃”啦、“十八香”啦、“南浦月”啦、“沙头雨”啦，我以为，都不及这“点绛唇”好。抹上一点胭脂，只轻轻一点，那唇就红了，就艳了，就生动了，就美得惊心了。如一朵石榴花开在唇上。

它自然与美人有关。

南朝醴陵侯江淹，在他还是青春少年郎时，于江南二月里踏青，在陌上逢着一美人，惊若天人，念念不忘，遂写下一首《咏美人春游诗》：

江南二月春，东风转绿蘋。
不知谁家子，看花桃李津。
白雪凝琼貌，明珠点绛唇。
行人咸息驾，争拟洛川神。

诗里的美人肤白如雪，最是那一点红唇，艳过桃李，行人都看呆了，以为神女降临。

诗里的这一点红唇，同样惊艳了五代词人冯延巳，他拿来定调填词，取名《点绛唇》：

荫绿围红，梦琼家在桃源住。画桥当路，临水开朱户。
柳径春深，行到关情处。颦不语，意凭风絮，吹向郎边去。

词里也有美人，名梦琼（又有人说是飞琼的，是当时名妓，人美，歌喉美），红唇未启，柳眉微蹙，心思似柳絮飘飞。

后来的文人，都以冯调为基调，在此基础上或增或减，填出不少的《点绛唇》。

宋人汪藻写的两首《点绛唇》，基本沿袭的是冯延巳的调子，成了宋代词人通用的格律。

我很喜欢汪藻写的《点绛唇·高柳蝉嘶》：

高柳蝉嘶，采菱歌断秋风起。晚云如髻。湖上山横翠。
帘卷西楼，过雨凉生袂。天如水，画楼十二，有个人同倚。

词里未见美人，美人却无处不在。她在采菱的歌声中。在渐起的秋风里。在翠微的山色中。在夕照的霞光里。天凉如水，画楼斜倚，我知道，她的唇上，一定点着一点红，恰如一颗红樱桃。

一剪梅

古人称一枝为一剪。这“一剪”好，说不出的好，换了“一枝”，韵味就差了些。雪下过两场，晨起时，惊悉屋后的梅花绽放了。一路小跑过去，但闻“喀嚓”一声，那寒梅花枝已在手中放香，不多不少，刚好一剪。清水供养，是为冬日闲趣。

最先给它填词谱曲的是北宋词人周邦彦。这个人好玩，男人的骨架下，藏着一颗柔软的女人心，痴念草木自然人间幽思，精通音律，还特爱旅游，写下大量有关闺情和旅行方面的诗词。

是在那样一个夜晚，月色倾城。他来到他的红颜知己的住处，那是一个栽种着梅花的小院子。他的红颜知己早已为他温好了小酒，做好了小菜，且亲自折下一剪梅花，斜插在窗台上的一只白瓷瓶里。灯光朦胧，她为他，轻歌曼舞，低眉浅笑，娇媚如一剪梅花。他一时恍惚，不知她是梅花，还是梅花是她。

不知不觉，城头的敲更声，远远传过来，梆梆梆，已三更天了。他一惊，夜都这么深这么深了啊，真希望天亮得慢一些，再慢一些。

酒残，意却未尽。他看着眼前翩翩的她，留恋不已，千言万语，凝成一首《一剪梅》：

一剪梅花万样娇。斜插梅枝，略点眉梢。轻盈微笑舞低回，何事尊前拍误招。

夜渐寒深酒渐消。袖里时闻玉钏敲。城头谁恁促残更，银漏何如，且慢明朝。

在他，梅花只要一剪相看相闻，足矣。人只要一个相伴相陪，就这一个，便是人生的大幸和福分。

后来，韩淲、吴文英、李清照、辛弃疾、蒋捷等文人，都为此曲填过词。他们都有各自的演绎，未必与梅花有关了。这让我遗憾，我还是觉得《一剪梅》里，是不能少了那一剪凌寒独自开的梅花的。

阮郎归

这是在等人。等的人，是阮郎。

阮郎又是谁？在等的人又是谁？最后，阮郎归了吗？

每读到这个词牌名，我会脑补很多慢镜头，无一例外的，都是倚门眺望。

是涂山氏女，守望外出治水的丈夫归来。十天，二十天。一个月，两个月。一年，两年……然心系天下苍生的大禹，却三过家门而不入。最后，涂山氏女望成了一块望夫石。

是诗经年代的某个夜晚，风雨凄凄鸡鸣喈喈，女人在等外出的男人归。结局是好的，既见君子，云胡不喜——她的良人终于回来了，她的头痛病心口绞痛病，瞬间都好了。然战乱频繁，更多的女人，却等不回她那征战沙场的夫君了。

是战国的兵荒马乱中，倚门盼儿归的母亲。十五岁的儿子出门去，母亲殷殷对他说："女朝出而晚来，则吾倚门而望；女暮出而不还，则吾倚闾而望。"天下多少的慈母，也都是这么倚门而望倚闾而望的。

真正的阮郎，被记在宋人编的一部大书《太平广记》中，其中的《神仙记》中载有这样一则故事：

家住天台山脚下的乡邑青年阮肇和刘晨，一天，结伴上山去采药，却在山谷里迷了路，被困十多天，幸好他们发现了一棵桃树，摘得桃子充饥。在桃树底下，他们又意外得到取水的杯子。他们用杯子取水喝，意外的是，杯子里流出来的，竟是鲜艳的芜菁叶，还有热乎乎的胡麻饭。他们美美地吃了一顿。

以为不远处定有人家，他们高兴寻去，寻到一条溪边，遇见两个妙龄女郎。女郎一见他们就欢笑，口称二位郎君，说他们拿回刚才的杯子来了。还嗔怪道，怎么来晚了呢？似乎她们一直在等他们。

他们被女郎引到家中。女郎的家中金碧辉煌，红幔飘拂，婢女仆人，个个欢腾，说是女婿来了。用精美的酒菜招待他们。吃喝正酣之际，又有一群女子拿着桃子前来祝贺。他们被留在了山中，一待就是十天，却想家想得厉害，于是向女郎请求，允他们归家。女郎不允，苦苦挽留，这一留，半年就过去了。

转眼春至，山里一派鸟语花香。面对大好春光，阮肇和刘晨二人，更添了思乡愁绪。女郎知道再也留不住他们了，无奈地送他们出门，指点了他们回家的路。他们一路飞奔，回到魂牵梦萦的乡邑。曾经的家园，却早已物非人非，找不到一丁点影子了——山中半年，世上已过了十代了。

后来，刘晨重新入世，娶妻生子。而阮肇却看破红尘，入山修道去了。

这故事读来让人怅怅的，虽有鲜桃有美酒，有艳遇有佳人，底调却是悲的，是丢失的家园，再归不去了。丢失的亲人，再等不到了。故李后主在给此词牌定调时，是作凄音的。国破家亡，他才是真真切切的一个归不去的阮郎啊：

东风吹水日衔山，春来长是闲。落花狼藉酒阑珊，笙歌醉梦间。
佩声悄，晚妆残，凭谁整翠鬟？留连光景惜朱颜，黄昏独倚阑。

天上人间，流水落花，走的都是不归路。

念奴娇

她叫念奴，唐朝天宝年间著名的歌妓。

她天生一副金嗓子。只要她一亮歌喉，再波涛汹涌的喧哗，也立马潮退岸静。五代文人王仁裕是这么形容她的声音的：“声出于朝霞之上，虽钟鼓笙竽嘈杂，而莫能遏。”这真勾人想象，那女高音到底何等金光闪闪，铮铮锵锵？搁今天，应该适合演唱莫扎特、约翰·施特劳斯等人的歌剧。

她唱的不是歌剧，是诗，是词。比如一曲《念奴娇》。

传说《念奴娇》是玄宗皇帝特地为她定制的。她人美，歌喉更美，深得玄宗皇帝喜爱，常随侍左右。皇家每每举行大型宴会，没有她到场，那宴会绝对是不完美的。

一次，玄宗皇帝举办辞岁宴。宴会的时间长了些，宾客们都有些坐不住了，再多的管弦丝竹，也压不住他们的骚动。眼看着宴会举行不下去了，玄宗皇帝大叫高力士，让他去宣念奴来救场。

诗人元稹在长篇叙事诗《连昌宫词》中，曾描绘到这一景象：

力士传呼觅念奴，念奴潜伴诸郎宿。须臾觅得又连催，特敕街中许燃烛。

春娇满眼泪红绡，掠削云鬟旋装束。飞上九天歌一声，二十五郎吹管逐。

高力士接了圣旨，一溜烟来寻念奴。念奴正歇息在情郎的红罗帐中，高力士连连催她起床。外面漆黑一片的大街，已高挑灯笼，高燃烛火，那是皇上特许为她点的。彼时，她恰似一枝梨花春带雨，重梳云鬟，新系罗裙，奉召而出，袅袅婷婷往城楼上一站，底下乌漆漆的一片喧哗立即止了。等她一放开嗓子，整个长安城都静下来了。邠王李承宁亲自吹笛为她伴奏，她的歌声，越飞越高，直上九霄。

她是那个年代当仁不让的巨星，拥有歌迷无数。玄宗皇帝是她的头号歌迷，亲自为她谱曲填词，一曲《念奴娇》唱尽荣宠。后来的文人们争相为《念奴娇》填词，就有了以苏东坡的《念奴娇·凭空眺远》为代表的平韵体，和以陈允平的《念奴娇·酹江月》为代表的仄韵体。

苏东坡的《念奴娇·中秋》一开首，气势就恢宏得不得了：

凭高眺远，见长空万里，云无留迹。

他的另一首《念奴娇·大江东去》，更是大气磅礴：

大江东去，浪淘尽、千古风流人物。故垒西边，人道是、三国周郎赤壁。乱石穿空，惊涛拍岸，卷起千堆雪。江山如画，一时多少豪杰！

遥想公瑾当年，小乔初嫁了，雄姿英发。羽扇纶巾，谈笑间、樯橹灰飞烟灭。故国神游，多情应笑我、早生华发。人生如梦，一樽还酹江月。

时人说，东坡词须关东大汉，执铜琵琶铁绰板而歌。我想，那是因为，他们没有听过念奴放歌。倘若他们有幸遇到念奴，怕是要大叹一声，哎呀呀，原来，女人的歌喉，也可以高昂激越到这种地步！原来，这个女人才是顶顶适合演唱东坡居士填写的《念奴娇》的。

那将是怎样一场听觉上的盛宴！

可惜的是，没有人能听到。念奴早已作古，他们之间，隔了四百多年的光阴。

贺新郎

对这个词牌名，历来颇多争议，有部分人认为它是《贺新凉》的讹传。苏东坡有词："乳燕飞华屋，悄无人、桐阴转午，晚凉新浴。"中有"晚凉新浴"之句，似乎坐实了这个词牌名，原是叫《贺新凉》的。

倘若《贺新郎》果真是讹传，那这讹传，也委实太美妙了。我以为，"贺新郎"远比"贺新凉"要动人得多，烟火热闹，喜气洋洋。

看到这个词牌名，很容易使人联想到一场婚礼。是《诗经》里的那一场，之子于归，百两御之。迎娶的排场如此之大，八方来贺，大家少不得要歌上一曲，贺贺新郎的。

后来的唐朝人，婚礼特别讲究诗情画意。整个婚礼过程好似在演歌剧，从下婿，到催妆诗，到障马车，到青庐对拜，到却扇诗，到最后的执手礼，新郎都要一一以诗文相和，这是很考验新郎的才华的。如此一番折腾，新郎好不容易抱得美人归，宾客们免不了要祝贺祝贺他。彼时，歌一曲《贺新郎》，当是十分应景的。

事实上，《贺新郎》的曲调到底产生于何时，已无从考证。它大约兴起于北宋，繁盛于南宋。特别在南宋，许多知名词人都为它填过词，内容与婚礼与新郎并无关系。

苏东坡作的《贺新郎（凉）· 乳燕飞华屋》，是能找到的最早的版本了：

乳燕飞华屋，悄无人、桐阴转午，晚凉新浴。手弄生绡白团扇，扇手一时似玉。渐困倚、孤眠清熟。帘外谁来推绣户？枉教人梦断瑶台曲。又却是、风敲竹。

石榴半吐红巾蹙，待浮花浪蕊都尽，伴君幽独。秾艳一枝细看取，芳心千重似束。又恐被、秋风惊绿。若待得君来向此，花前对酒不忍触。共粉泪、两簌簌。

词里女子，独居清幽，时光漫漫，陪伴她的，只有梁上的小燕子、窗外的竹，和一树红红的石榴花。偶尔风来敲竹，惹得她一阵的胡思乱想，以为是想念中的那个人来了，心思似榴花有千重瓣，怕只怕，秋风来吹，只落得凋零。全词弥漫着淡淡的忧伤，与喜庆场景相去甚远。

南渡词人叶梦得作的《贺新郎·睡起流莺语》，是在苏词的基础上，做了些变更。后来的词人，像辛弃疾、刘克庄、蒋捷，在填写这首《贺新郎》时，都是遵循的叶词的韵调：

睡起啼莺语。掩青苔、房栊向晚，乱红无数。吹尽残花无人见，惟有垂杨自舞。渐暖霭、初回轻暑。宝扇重寻明月影，暗尘侵、尚有乘鸾女。惊旧恨，遽如许。

江南梦断横江渚。浪黏天、葡萄涨绿，半空烟雨。无限楼前沧波意，谁采苹花寄取。但怅望、兰舟容与。万里云帆何时到，送孤鸿、目断千山阻。谁为我，唱金缕。

词中也有着纷乱如絮的忧思忧虑，是别离后无法再相见的惆怅。从前，两个人坐在绿柳红花旁，他弹，她唱，一曲杜秋娘的《金缕衣》，宛宛转转，不远处的江面上，云帆点点。那样的好时光，一去不复返了。

我读到这首词时，脑海里不可思议地联想到红袍加身的新郎。他成了别人家的新郎，与她隔着千重山万重水了。她会强装镇静，贺他做了新郎。从此，她这朵花，也就萎了。

菩萨蛮

唐人苏鹗撰写的笔记小说《杜阳杂编》中，讲述了一则有关《菩萨蛮》曲的故事。

那是在唐宣宗年间，有女蛮国派人来朝进贡双龙犀、明霞锦等珍奇之物。那些来使的打扮，非常惹人注目，令人惊奇。他们一个个都高耸着发髻，戴着金冠，身上挂满珠玉串成的饰物，端庄华美得好似菩萨。当时有能歌善舞的艺人，为之谱曲弹唱，取名《菩萨蛮曲》。

这是一段历史上称为“大中之治”的时期，国泰民安，繁荣昌盛，四方都来朝拜，颇是热闹了一番。教坊里所作的曲子，也跟着热闹起来，比如这首《菩萨蛮曲》，想来应该是欢快的明媚的。

宣宗皇帝特别爱听弹此曲。丞相令狐绹投其所好，暗地里找了牛人温庭筠为此曲填词，献上，宣宗皇帝一见，大爱。当然，在皇帝跟前，令狐绹把温词说成是他写的。他跟温庭筠约法三章，千万不要把这事说出去。

说起温庭筠，确实是颇好玩的一个人，当时他才名远扬，人送他“温八叉”的外号。他写诗写词，只要手一叉，就得一韵。他叉八下，一首诗或一阕词就写成了。他便以文为货，代人捉刀。最好笑的是，有次科考期间，他竟胆大包天，暗中助同考的八人取得功名，而他自已却落了榜。

但这一次，温庭筠没有信守对令狐绹的承诺，他在这首《菩萨蛮·小山重叠金明灭》上，盖上他的大名，交给坊间弹唱。时人一见，惊艳不已，纷纷传唱。这下子，他彻底把令狐绹给得罪了，受到令狐绹的打压，好好的前程，就这样给断送掉了。

仔细品味他的这首《菩萨蛮·小山重叠金明灭》，我终明白了他，这样的好词，是值得他拿前程来换的：

小山重叠金明灭，鬓云欲度香腮雪。懒起画蛾眉，弄妆梳洗迟。照花前后镜，花面交相映。新帖绣罗襦，双双金鹧鸪。

不要伴奏，单单低低吟哦，也是美妙享受，似乎词里的美人，正慵懒而起，对着我们细细画着她的眉，往腮上拍着胭脂。我想到“天然妙目，正大仙容”这八个字，词里的美人当得起。

《菩萨蛮》自温庭筠后，成了有名的词牌名。晚唐的韦庄，曾多次为其填词，作出了诸如《菩萨蛮·劝君今夜须沉醉》《菩萨蛮·人人尽说江南好》《菩萨蛮·如今却忆江南乐》《菩萨蛮·洛阳城里春光好》

《菩萨蛮 · 红楼别夜堪惆怅》等佳作来，他对《菩萨蛮》的偏爱，简直到了痴迷的地步。

我喜欢他的《菩萨蛮 · 红楼别夜堪惆怅》：

红楼别夜堪惆怅，香灯半卷流苏帐。残月出门时，美人和泪辞。琵琶金翠羽，弦上黄莺语。劝我早归家，绿窗人似花。

战乱又起，朝代变更，到处都在弹着别离的弦音。残月来照，此一别，他年若再相见，虽绿窗仍在，美人怕是早已老了罢。

踏莎行

每次看到这个词牌名，我总会莫名地生出欢喜，好似看到了春天，陌上花开，且缓缓归吧。

“缓缓”，是个极美极闲情的动作，生活的沉重暂不去管了，是情深还是情浅且不去问了。这个时候，所有的情绪，都让位于春天，只一心一意跟眼前事物缠绵：天上有云朵在飘。地上有花草在摇。四野的风，吹着青绿。

小径上，莎草繁茂，每走一步，都落在清新嫩绿的莎草上。脚底的温柔，如同有小手指在抚。就这样缓缓地、缓缓地走着，不定走向哪里，这个时候，只做着自己。像一棵自由生长的莎草。像一朵高兴开成什么样子，就开成什么样子的小野花。

这样的踏莎行，是轻松的，愉悦的。唐代诗人陈羽写过一首《过栎阳山溪》：众草穿沙芳色齐，踏莎行草过春溪。闲云相引上山去，人到山头云却低。

诗中的他，就是这么轻松愉悦地踏莎而行的。我每回读到，都心动得不行，恨不得穿越过去，陪他踏莎而行，一路上什么话也不要说，只静静地跟着一朵云走，走上山吧。

日月晃了几晃，再晃了几晃，一百六十多个春天过去了，历史已翻过一页，翻到大宋。宰相寇准于春天的溪边，和一群人赏春饮酒，吟诗唱和，眼前青青的莎草，让他想到了陈羽的“踏莎行草过春溪”，心里好像有块地方，被温柔的手指，碰触了一下，他当即挥毫写下一阕词：

春色将阑，莺声渐老，红英落尽青梅小。画堂人静雨蒙蒙，屏山半掩余香袅。

密约沉沉，离情杳杳，菱花尘满慵相照。倚楼无语欲销魂，长空黯淡连芳草。

词是相当应景的，伤春怀旧的美人呼之欲出，自然赢得叫好声一片。寇准乘兴为这首词谱了曲，命乐工弹奏。乐工问其曲名是什么。寇准脱口而出，《踏莎行》。

后来的词家，都爱拿这曲调来填词，或伤景，或伤情，多了不少的感伤与感怀，与原先的轻松愉悦，渐行渐远。

清平乐

挺偏爱这个词牌名的，满溢着平安喜乐的气息。

是在那样的乡村：架在沟渠上的水车，吱呀吱呀响着。池塘边的苇和茅，高过人头，有水鸟扑扑扑在里面欢腾。母鸡跳到草垛上，咯咯咯地叫唤。狗无所事事，终日甩着尾巴，在村子里闲遛。小麻雀如一些逗号，布满空中，它们永远有着说不完的话，喳喳喳，喳喳喳。炊烟袅袅地升上屋后的树顶了。刚断奶的小羊，跳着来迎接归家的主人。

场院边乘凉，天上的星星密如枣子。东家的与西家的拉着家常，话语呢喃如虫鸣。不远处，爬到草垛上的南瓜花，怕是做了一个噩梦，“啪”的一声，掉落，惊起了正在发呆的小猫，它迅速冲过去。萤火虫多得像灶膛里的火星子，明明灭灭。大人们教小孩子认天上的星，哪颗是牵牛，哪颗是织女。星星们都长得一模一样，孩子哪里认得？他们嘴里嗯嗯啊啊着，心思已飘到别的地方去了——草丛里的蟋蟀叫得真是响亮，去捉。

清静平和的日子，无波，亦无浪，心底却跳动着一股子的天真和热情。天也长着，日也久着，人永远都在，一个不少。

真正《清平乐》词牌名的由来，却让我有点小失望，它是唐教坊曲，取自于汉乐府里的“清乐”、“平乐”两个乐调，后成词牌名。这里的“乐”，是音乐的“乐”，而不是快乐的“乐”。

也有学者提出异议，认为它的最早出处，应该是在东汉班固的《两都赋》中：

臣窃见海内清平，朝廷无事，京师修宫室，浚城隍，起苑囿，以备制度。

东汉迁都洛阳，至明帝时，都城规模初成，有了暂时的稳定和和平，彼时倒是宜弹一曲《清平乐》的。

我却愿意做这样的臆想，是在唐代，在那段四海升平的繁茂时期，有那么一个乐师，一次，他偶然途经一个村庄，就像闯进了陶渊明笔下的桃花源。只见屋舍齐整，良田平展，阡陌纵横，鸡犬相闻，男女老少皆自得其乐。乐师大受震动，回京师后，作一曲《清平乐》，交教坊演习，渐渐盛行开来。后来的词人据此调填词，填着填着，就离原先的快乐远了，而变得忧伤，是“鸿雁在云鱼在水”，此情再也无处可寄。

南宋词人辛弃疾却是个例外，我不知他是有意还是无意，他在他的《清平乐·村居》中，让清平之乐，真正地乐了起来：

茅檐低小，溪上青青草。醉里吴音相媚好，白发谁家翁媪？大儿锄豆溪东，中儿正织鸡笼。最喜小儿无赖，溪头卧剥莲蓬。

真想走回去，走回去，走到那茅檐底下，逗弄一下小猫小狗。走到那小溪旁边，弯腰捞起一捧莲蓬，躺到青青的草地上，边剥边吃，嘴里浸润着的，全是莲子清甜柔嫩的滋味。彼时，天空瓦蓝瓦蓝的，永远一副长生不老的样子。

六丑

初见《六丑》这个词牌名，我是吃了一惊的。几乎所有的词牌名，都长着一副俊面孔，或清秀，或婉约，或恬然，或喜悦，或优雅，或豪迈，这个怎么掉到泥淖里了，滚了一身的泥巴？

这又是周邦彦的自度曲。这个肆意纵才的人，才华多得无处安放，就常作些小曲子自娱自乐。大概是小曲子作多了，命名也费事的，他就很任性地随便乱叫了。就像从前乡下人家，孩子多了，一个接一个地生，做爹的瞟一眼娃儿，随口念出一个名字来，叫大麦吧。叫玉米吧。叫狗剩吧。叫板凳吧。叫铁锁吧。叫丑娃吧。

《六丑》的曲调名，就这么来了。

这自然引起好多人的猜测和好奇，一丑都叫人受不了了，何况还是六丑呢！连皇帝宋徽宗都来探问此事，周邦彦便拿了一套漂亮的说辞，说给徽宗皇帝听："此曲犯六调，皆声之美者，然绝难歌。昔高阳氏有子六人，才而丑，故以比之。"好吧，他只是拿人家高阳氏的六子来打了个比方，丑孩子多奇才，这曲调儿里，他用了多个的宫调，是奇曲一支的。

这曲调到底有着怎样的奇和美，我们是没办法见识到的了，也只能从他填的词里，想象一二：

正单衣试酒，恨客里、光阴虚掷。愿春暂留，春归如过翼。一去无迹。为问花何在？夜来风雨，葬楚宫倾国。钗钿堕处遗香泽。乱点桃蹊，轻翻柳陌。多情为谁追惜？但蜂媒蝶使，时叩窗槅。

东园岑寂。渐蒙笼暗碧。静绕珍丛底，成叹息。长条故惹行客。似牵衣待话，别情无极。残英小、强簪巾帻。终不似、一朵钗头颤袅，向人欹侧。漂流处、莫趁潮汐。恐断红、尚有相思字，何由见得？

蔷薇花谢，残红点点，惹起他一腔情思，惜花去人不归，如春去春无影。墙头尚有一朵残英，分明是不忍别离。水上落红，上有相思之字，谁能拾到？风雨之后，也只有蜂和蝶，时时来叩一叩寂寞的窗户了。

这真是一波三折，一唱三叹，余音袅袅。后来也有词人填过这支曲子，大多是泛泛之作，少有人超过周邦彦的。

浣溪沙

敦煌词中有无名氏作的几阕《浣溪沙》，底调都是轻松的、诙谐的、豁达的，比如这样的一阕：

浪打轻船雨打篷，遥看篷下有渔翁。蓑笠不收船不系，任西东。

即问渔翁何所有？一壶清酒一竿风。山月与鸥长作伴，五湖中。

真想丢下所有，跑去做那个渔翁，五湖之中，任我逍遥。然而，那是不现实的。这样的逍遥，多半是个美梦。王感化是明白的。李璟是明白的。

我挺好奇于一个叫王感化的人的。

他是南唐建州人士。少时就聪敏异常，多才多艺，尤擅长讴歌。成年后，入金陵教坊。据《南唐书》记载，其声韵悠扬，清振林木。且喜以乐府歌为底调，加以发挥，深得南唐中主李璟赏识，每有宴乐，必召他前来歌以助兴。

他的声韵到底是怎样的悠扬，不知。后人也只能各凭想象揣测。但“时时作为歌诗，皆出入风骚”的李璟，能对他恩宠有加，足以说明他在音乐上的成就，当真了得。

李璟曾作二阕《浣溪沙》，赐他。一阕《摊破浣溪沙·手卷真珠上玉钩》，一阕《摊破浣溪沙·菡萏香销翠叶残》：

手卷真珠上玉钩，依前春恨锁重楼。风里落花谁是主？思悠悠。青鸟不传云外信，丁香空结雨中愁。回首绿波三楚暮，接天流。

又：

菡萏香消翠叶残，西风愁起绿波间。还与韶光共憔悴，不堪看！细雨梦回鸡塞远，小楼吹彻玉笙寒。多少泪珠无限恨，倚阑干。

李璟作这两阕词，原不过有感于王感化美妙的声韵。王感化大概是非常适合演绎词中的惆怅和相思的：

丁香兀自在雨中开着，结着自己的愁怨，回首处，绿波荡漾，水天相接；小楼笼在烟雨中，楼中之人，吹着玉笙，一整首曲子快吹完了，寒意侵人，玉笙生涩，她的泪珠儿，就那么滑下来，滑下来，一滴一滴，说不尽无限恨。

李璟没想到，王感化没想到，他们这一唱，就唱成了千古。

浣溪沙又有别称浣纱溪、小庭花。本调“沙”字意当为纱。我很喜欢这个“纱”。我以为，“浣溪沙”应是“浣溪纱”的误传。越国西施于若耶溪畔浣纱，是历代传诵不衰的故事，王感化在教坊里创作并演奏此调时，或许本就以西施为蓝本的。那样一个传奇的女子，是配得上为她低吟浅唱的。多情的李璟，为此调填词时，脑海里，怕也闪过西施的影子呢，故他笔下的女子，才有着满腹的愁怨和春恨，一身的憔悴和沧桑。

他懂她，用一个女子的献身，来拯救一个国家，这不是荣耀，而是深切的悲哀。西施，这个昔日乡村的清纯女子，她本可以在她的若耶溪畔，过她平静的日子，布衣荆钗，岁月安康。然而，她的青春早早没了。越灭吴后，她的余生去了哪里？无人知。

后人杜撰，说她与所爱之人范蠡泛舟湖上，双双归隐。她最终活在了传说里。

雨霖铃

年少的时候，读柳永的《雨霖铃》，一下子沦陷进去，喜欢得不要不要的：

寒蝉凄切。对长亭晚，骤雨初歇。都门帐饮无绪，留恋处、兰舟催发。执手相看泪眼，竟无语凝噎。念去去、千里烟波，暮霭沉沉楚天阔。

多情自古伤离别，更那堪、冷落清秋节！今宵酒醒何处？杨柳岸、晓风残月。此去经年，应是良辰好景虚设。便纵有、千种风情，更与何人说？

骤雨刚停，寒蝉的叫声更显凄清。离别在即，无语成噎，只有泪眼望泪眼。千里烟波浩荡，此一别，再难相见。从此，没有了一个你，这世上所有的景致，都如同虚设。以酒买醉，心底的悲哀，只有自知。柳永的感叹，少年并不是十分明白，却有种被击中心扉的感觉。疼痛。真疼，真痛。

每个少年，怕是都藏着一段湿漉漉的心思。说不清道不明的，就是突如其来地忧伤起来。突如其来地迷离起来。突如其来地脆弱起来，风吹吹似乎都能吹倒。前路漫漫，无数的别离在等着，不知自己到底会去向何方。这成长中的迷惘，如今想来，有些好笑。然而那时，却是真真切切为之感伤着的。

这样的感伤，何尝不是少年的美好？

一千多年前，唐玄宗的感伤，却是涩重的、呜咽着的，是带着羞辱性的，跟美好扯不上半点边儿。那年，安禄山叛乱，他从长安，带着心爱的女人杨玉环，出逃至马嵬坡，不幸又遭兵变。为了保全自己，他赐心爱的女人三尺白绫，致使一缕芳魂，飘断在马嵬坡。叛乱平定后，他回返都城，一路上风雨如晦，吹打着銮舆上的金铃，发出叮叮当当的凄音，山谷回应，经久不绝。他悲从中来，采雨中风声铃声山谷回应之声，作《雨霖铃曲》，悼念被他赐死的贵妃。当时，有梨园弟子张野狐伴在身边，张野狐擅长使簧管乐器筚篥，玄宗便命他吹奏此曲。《雨霖铃曲》一经问世，便很快成了那个年代的流行曲。

诗人张祜写过一首《雨霖铃》，让我们可以从中一窥这首曲子被传开时的情景：

雨霖铃夜却归秦，犹见张徽一曲新。
长说上皇和泪教，月明南内更无人。

一路跋涉，唐玄宗终回到宫中，又尽享太平了。有事没事，他都爱叫上张野狐，吹奏那首《雨霖铃曲》，并常常流着泪，亲自教宫人们吟唱。明月空空照着贵妃曾住过的那个宫殿，然艳冠六宫的那个女人，却被他亲手送上了不归路，再也回不来了。

或许这场雨下得太过沉重了，积怨积愁太多，《雨霖铃》成了词牌名后，为之填词的文人并不多，所填之作，也多平平。柳永的一阕《雨霖铃》，成绝唱。

如梦令

后唐庄宗李存勖，真是个矛盾重重的人物，一方面，他有着雄才伟略，骁勇善战，为后唐打下大片疆域；另一方面，他骄淫误政，宠信伶人，致使邺都兵变，随后又出现了“兴教门之变”。他亲率宿卫出战，中流矢而亡。

读他的小令《忆仙姿》，我忍不住想，人生总是有缺口的吧，得意时，失意就在一边候着。做人一场，有时真的好比大梦一场：

曾宴桃源深洞，一曲舞鸾歌凤。长记别伊时，和泪出门相送。如梦，如梦，残月落花烟重。

酒再浓，舞再欢，总有曲终人散时。刚刚的舞鸾歌凤，不过是仙梦一个，夜雾深重，只剩残月落花。这样的小令，应验着他最后的结局，如同谶语。

若干年后，苏东坡在泗州雍熙塔下沐浴之时，听人弹奏《忆仙姿》，不喜其曲名，嫌其不雅。他想到李存勖的这阕小令，对其中“如梦”“如梦”的叠词印象深刻。遂取出“如梦“二字，改《忆仙姿》为《如梦令》，并当场填词，戏作两阕：

水垢何曾相受。细看两俱无有。寄语揩背人，尽日劳君挥肘。轻手，轻手。居士本来无垢。

又：

自净方能净彼。我自汗流呀气。寄语澡浴人，且共肉身游戏。但洗。但洗。俯为人间一切。

我初读时，笑了，洗个澡，他也能如此轻松诙谐地说出一番道理来，真不愧是苏东坡。笑完，却感动了。在这之前，他因“乌台诗案”受到迫害，被贬黄州。这样的打击，换个人来，一定如同做了噩梦一般，自此颓废下去。他却欢笑如常，把那一页，当一粒尘一样的，轻轻掸去。于嬉笑中，表明他的人生态度，要做个自身洁净的人啊，为了这人间一切。

他的《如梦令·春思》，更是活泼俏皮。被贬的日子，硬是让他过出了世外桃源的好滋味。纵使人生如梦，他也要让那梦境镶上青绿蓬勃的边子：

手种堂前桃李，无限绿阴青子。帘外百舌儿，惊起五更春睡。居士，居士。莫忘小桥流水。

这样乡居的日子，真令人向往，堂前种着桃树李树，上面结满果子。帘外有鸟雀饶舌，天天老早就把人叫醒了，似乎在一迭声地唤着他，起床吧，起床吧，还有小桥流水在等着您哪。

李清照的《如梦令·常记溪亭日暮》，也是这般活活泼泼的。那应是李清照一生中，最值得记取的好时光吧：

常记溪亭日暮，沉醉不知归路。兴尽晚回舟，误入藕花深处。争渡，争渡，惊起一滩鸥鹭。

人生不易，三十年前仰望月亮时的天真，到三十年后，已化成唇边淡淡的一个笑纹。既如此，有些事情就不必过于执着过于认真，只要活得有趣，活得尽兴，便好。

永遇乐

它是宋代的宫廷乐，曲名《永遇乐慢》。多用于重大的祝寿宴会等喜庆场合，一般作为压轴曲，用簧管乐器吹奏，有种花好月圆永享安乐的意思。

民间的传说，却带着哀伤。说是在唐朝时，有个姓杜的书生，特别工于填词。邻家有小妹叫酥香的，聪慧过人，大凡流行于世上的诗词歌赋，她都能吟唱一二，尤其喜欢杜书生写的词。渐渐的，两个人好上了，私下里许定终身。然他们的行为，却为那个时代的风尚所不容，私情被发现后，杜书生被官府流放到偏远的河朔。临别之际，他强颜欢笑，作《永遇乐》一词赠予姑娘，祝愿心爱的姑娘，自他别后，要重展欢颜，一生快乐。酥香持着他写的这阕词，连唱三遍，伤心过度而亡。他们的故事，不久后便在民间传播开来，酥香唱的小调《永遇乐》，也跟着传播开来。

这个传说到底可不可信，不重要了。古代宫廷乐有很多的，就是从民间采集而来的。这首《永遇乐慢》，或许真的就诞生在民间。民间最大的智慧，我以为，就是创造了音乐。那些纷飞的音符，慰藉着陷在困苦之中多难的心灵，使他们能够一代一代活下去，再难也要活下去。他们在歌唱中活着，永远怀着不灭的希望和美好的祈愿。

文人们拿它填词，最初也就填些歌功颂德之类的。比如，柳永填的《永遇乐·天阁英游》：

天阁英游，内朝密侍，当世荣遇。汉守分麾，尧庭请瑞，方面凭心膂。风驰千骑，云拥双旌，向晓洞开严署。拥朱幡、喜色欢声，处处竞歌来暮。

吴王旧国，今古江山秀异，人烟繁富。甘雨车行，仁风扇动，雅称安黎庶。棠郊成政，槐府登贤，非久定须归去。且乘闲、孙阁长开，融尊盛举。

说实在的，柳永的这阕词虽炫然耀目，用词用典皆丰富，读来却叫人起一身鸡皮疙瘩，溜须拍马的痕迹太过明显了。但它却有它存在的价值，它是《永遇乐》词调最初的样子。

到了苏东坡为此词牌填词时，他在音韵上做了一些调整，一改它的歌舞升平，而有了空灵清雅之音，让它又回到民间去。后来的文人们填词，基本都是以苏东坡夜宿彭城燕子楼而作的一阕为模板：

明月如霜，好风如水，清景无限。曲港跳鱼，圆荷泻露，寂寞无人见。紞如三鼓，铿然一叶，黯黯梦云惊断。夜茫茫、重寻无处，觉来小园行遍。

天涯倦客，山中归路，望断故园心眼。燕子楼空，佳人何在，空锁楼中燕。古今如梦，何曾梦觉，但有旧欢新怨。异时对、黄楼夜景，为余浩叹。

良夜好景，佳人入梦。惊醒后，小园幽静，燕子楼空。古往今来，多少的欢乐，都如同大梦一场的。人生须臾，兴衰无常。

定风波

南北朝诗人吴均，写过几阕乐府诗《剑骑》，我偶然间读到，颇多感慨：

杂虏寇铜鞮，征役去三齐。扶山翦疏勒，傍海扫沉黎。剑光挥夜电，马汗昼成泥。何当见天子，画地取关西。

这是其中的一阕。另几阕跟这阕差不多，也是描写战争的，带着无限悲壮。为了天子的江山，士兵们走上沙场，誓死也要收回复地。风波一波接一波，日子里全是刀光剑影。这样的社会动荡，何时才能够平定下来，何时才有安康？这是士兵们的追问，也是战乱中无家可归的人们的追问。

民间的追问和祈愿，渐渐的，演化成后来的唐教坊曲《定风波》。有了演习的曲子，自然就有文人们来为它填词。《敦煌曲子词集》中，记载了有关它的一段趣闻，当时的武将与儒士，就“谁人敢去定风波”这个问题，展开了一场精彩的辩论。

武将先发难：

攻书学剑能几何，争如沙塞骋偻罗？手执绿沉枪似铁，明月，龙泉三尺斩新磨。

堪羡昔时军伍，谩夸儒士德能多。四塞忽闻狼烟起，问儒士，谁人敢去定风波？

武将是老大瞧不起儒士的，他洋洋自得地摆了一堆事实，说文人们只不过读了几本破书，根本不顶什么用。他们武士却既能舞枪，又能弄剑的，真正建功立业的是他们。最后，武将的唇边露出讥笑来，他睥睨着儒士，问，当边塞狼烟四起时，你们这些酸腐的文人，谁敢去平定风波？

儒士没有被武将的气势吓住，他正正衣冠，风度儒雅地笑回道：

征后偻罗未是功，儒士偻罗转更加。三策张良非软弱，谋略，汉兴楚灭本由他。

项羽翘据无路，酒后难消一曲歌。霸王虞姬皆自刎，当本，便知儒士定风波。

是的是的，你们是很厉害的。但是，你们那点厉害比起我们文人的厉害，实在是小巫见大巫啊。你们知道张良这个文人吧，他一不能握刀二不能握剑，但他不是软弱的，他靠着运筹帷幄之中、决胜千里之外的谋略，就助刘邦把楚国给灭了。嗯，你们的武将项羽的确是个大大的英雄，厉害着的，可最后的结局，还不是被张良的一曲楚歌给击垮了，搞得他和虞姬双双自刎？本来嘛，就是我们文人才能定风波的啊。

这场嘴仗有没有继续打下去呢？不知。但最后的胜负已定，武将的嘴巴子，永远比不上文人的。这次打嘴仗最大的好处是，使得《定风波》的词牌名得以确定下来。

到了五代，后蜀的中书舍人欧阳炯，填了一阕《定风波》：

暖日闲窗映碧纱，小池春水浸晴霞。数树海棠红欲尽，争忍，玉闺深掩过年华。

独凭绣床方寸乱，肠断，泪珠穿破脸边花。邻舍女郎相借问，音信，教人羞道未还家。

这已无关社会动荡了。深闺之中，女儿家的心田上泛着涟漪，一场爱的风波，何时才能消停呢？海棠花红，暖日霞光，都白白地给辜负了，真真叫人心痛肠断！欧阳炯在原先词谱的基础上，做了些修改和调整，使它的韵律更为复杂，更显抑扬顿挫，所涉及题材也更为宽泛。他之后，词人们填此词牌，大多以他的这一阕为正体。

何满子

我是见过小脚的人。

我奶奶的。我外婆的。

我奶奶讲过她裹小脚的经历。那时她才六七岁，我的太婆把她按到椅子上，拿一条长长的白布，把她的脚裹得紧紧的。她走不了路了，疼得没日没夜地哭，嗓子都哭哑了。哭得太婆心软，会松一松裹紧她的白布。然而过后，还得裹啊。太婆流着泪对她说，女儿家的撑着双大脚，会要被人家笑话死的，将来会嫁不出去的。就这样裹一阵子，松一阵子，持续了好几年，直到成功地把我奶奶的脚，变成了一团肉。

我外婆没跟我讲过她的小脚是怎么来的。但她的小脚真是小得很，尖尖的，小粽子般的。我读大学归来，外婆撑着这双“小粽子”，站在路口接我的样子，我怎么也忘不了。那个时候，她七十多了吧，她的人，那么瘦小，她头顶上的天空，好高啊。她一辈子吃过很多苦，可惜，我从没好好听她讲过。现在也听不到了。

我在写《何满子》这个词牌的来历时，想到我奶奶和我外婆。我发了好一阵子的呆。从前的女人，哪一个不是被欺凌被侮辱着的？她们生而为人，却从来做不了自己的主，在男权的世界里，她们再聪颖过人，也只能如草芥一样的，卑贱地活着。就像何满子。

何满子，唐朝天宝年间人，因色艺双全，被纳入到大唐梨园里，成了一名伶人。后因遭诬陷获罪，被判了斩刑。临刑之际，她悲愤不已，请求歌一曲。她凄清悲怆的断肠之音，惊动了当时的最高统治者唐玄宗。唐玄宗好音律，梨园就是他一手组建起来的，他被何满子的歌声打动，当即下召赦免了她的死罪。便将她唱的这首曲子，命名为《何满子》。

何满子后来的人生如何了呢？没人知道。但她的这首《何满子》，却被传唱开来。

到了唐武宗时，有一姓孟的才人，因笙歌出色，备得武宗恩宠。武宗病危时，问她，我就要走了，你有什么打算呢？她指着装笙的锦囊说，我就用它来自缢。随后，她请求武宗，要为他歌一曲。她唱的就是《何满子》，歌罢，气绝而亡。

诗人张祜有感于此事，写下一首《何满子》：

故国三千里，深宫二十年。一声《何满子》，双泪落君前。

每次我读到，心都揪揪的，为那些一生的好年华，被白白耽误、践踏和葬送掉的女人。她们生错了时代。

五代词人孙光宪，填过一阕《何满子》，延续了这样的悲声：

冠剑不随君去，江河还共恩深。歌袖半遮眉黛惨，泪珠旋滴衣襟。惆怅云愁雨怨，断魂何处相寻。

似乎被动的总是女人。一生的命运，都在等待和找寻中。纵使曾有过深似江河的恩情，也抵不过蜂拥而至的云愁雨怨。一叹。

声声慢

《声声慢》是适合用古琴来弹，或用埙吹出来的。节奏是缓的、慢的，时光是长长的、耐咀嚼的，像一夜的秋雨，绵绵未尽。

它原名叫“胜胜慢”。韵味减了很多，让人看不大明白了。我查阅了大量资料，也不曾给“胜胜”找到合理的让我信服的解释。那也只能意会吧。比如，把“胜”解释为“能承受”，“胜胜慢”，就是我忍受着这时光的漫长。

然我更喜欢把它理解成是女人的头饰。

汉以来，女人的头上，戴一种首饰，叫华胜。它通常被制成花草的形状，插于女人的髻上，或缀于额前。随着女人的走动，胜上的花草，也随之摆动。北宋的晁补之，他恋恋不舍的家妓荣奴，头上或许就戴着这样的胜。那时的女儿家，都裹小脚了，走起路来，步子都是碎碎的，风摆杨柳般的。荣奴又是家妓，日日歌着舞着的，那走路的姿态，更是袅娜。她头上戴的胜，就那样随着她的人，慢慢地晃啊晃的，晃成了晁补之心中一道不灭的风景。所以，在荣奴不得不离开他远走之后，他思念成灾，写下一首《胜胜慢》：

朱门深掩，摆荡春风，无情镇欲轻飞。断肠如雪，撩乱去点人衣。朝来半和细雨，向谁家、东馆西池。算未肯、似桃含红蕊，留待郎归。

还记章台往事，别后纵青青，似旧时垂。灞岸行人多少，竟折柔枝。而今恨啼露叶，镇香街、抛掷因谁。又争可、妒郎夸春草，步步相随。

朱门已闭，别离的愁绪，似雪飘点点。青青柳垂，往事如烟，我恨你怨，也只能各在天涯。这真是花胜摇摇，慢调长叹，缠绵不绝。

这首词曲传到南宋，词人蒋捷很是喜欢，拿它填了一阕词：

黄花深巷，红叶低窗，凄凉一片秋声。豆雨声来，中间夹带风声。疏疏二十五点，丽谯门、不锁更声。故人远，问谁摇玉佩，檐底铃声？

彩角声吹月堕，渐连营马动，四起笳声。闪烁邻灯，灯前尚有砧声。知他诉愁到晓，碎哝哝、多少蛩声！诉未了，把一半、分与雁声。

蒋捷是住在秋声里了。从豆雨声，到风声，到更声，到檐底铃声，又有号角声、胡笳声、捣衣声、妇人的诉说声、虫子的叫声，最后是大雁的凄清声，这种种声音，混杂在一起，一夜未休。词人的心中几多愁苦，剪不断、理还乱哪。因这阕秋声词中，全是用“声”字收韵的，故他把晁补之的“胜胜慢”，改成了“声声慢”。

生查子

有些词牌名，很叫人捉摸不透，似是而非得很。前人在给它们命名时，大概也不是十分认真的，他们有时谱出一首曲子，或弹出一支小调，懒得想名字了，就随便按个名字上去，只是为了区别一下是这是张三，那是李四而已。

这就叫后人很为难了，有时磕破脑袋了，也想不通它到底为何叫这个名——我们总想能追寻到它最初的意义，还原当初唐教坊里吹笙鼓琴的热闹场景。

比如这个“生查子”。

“子”是曲的意思。隋唐以来，曲都称“子”。“生查子”也就是生查曲。那么，“生查”又是何意？

有人脑洞大开，引经据典，深挖出古语里，“生”的音有时读“星”，“查”是“楂”的简笔写法，“楂”又通槎。“生查”也就是星槎，星槎是一种木筏子，说是能通天河。这下子就跟民间传说联系上了。

故事发生在西汉时期，传说那时天河与海是相通的。有居住在海上小沙洲的一个人，年年八月里，都看见有木筏子在他家门口来来去去，从不误期。他好奇得很，就在木筏上造了间小阁，备足粮食，乘着木筏子随海一路飘去。这一飘，就飘到了天河。这人遥见天河的那端有宫殿，不少女人在里面织布。河的这端有一个男人在河边饮牛。彼此见着，都大吃一惊。这人诉说了他来此的经过，问男人，这是什么地方？男人告诉他，你回到蜀郡，去拜访你们的严君平就知道了。这个人回去之后，真的去拜访了当时以卜筮闻名的严君平。严君平说，某年某月的某一天，有外来的客星，冲撞到牵牛星了。这个人震惊不已，那一天，恰好是他到达天河，见到饮牛男人的日子。

我对这个传说不大满意。我想，这个人好不容易才到了天河，总该有所得才是，最好来一场艳遇什么的。当然，最后的结局要多凄美有多凄美。就像牛郎和织女。

持有我这种想法的应该大有人在。等它入了谱，成一支曲子叫《生查子》，在唐教坊里弹响的时候，它的底调，是失落的、愁怨的，是与恋情有关的。故而五代的文人们最初给它填的词，大多是忧伤的、悲凉的，出现了诸如“肠断断弦频，泪滴黄金缕”、“红豆不堪看，满眼相思泪”之类的句子。

到了两宋，它有了很多变体，词调活泼多样起来，题材也宽广了许多。比如辛疾弃的一阕《生查子·独游西岩》：

> 青山招不来，偃蹇谁怜汝？岁晚太寒生，唤我溪边住。
> 山头明月来，本在天高处。夜夜入青溪，听读《离骚》去。

这真是个美好的夜晚呢，虽有点清寒，但有青山在，明月在，还有，手执诗书的人在。倘若乘一只竹筏，顺着那月光的小溪，一路飘下去，最终会飘到哪里去呢？人生的失意不必太过在意了，这么好的夜晚，适合读一读《离骚》，满青溪的月光，都跑来倾听。

采桑子

读《诗经》，里面多劳动场景，虽不乏艰辛困苦，但人们乐天的一面，却活泼泼地展露无遗。他们有事没事，爱围成一堆歌上一曲舞上一曲。春来要跳。秋来要跳。花开了要跳。叶落了要跳。丰收了要跳。祭祀时要跳。求雨时要跳。采个芣苢要跳。采个桑，自然也要跳。

那个时候，蚕事正浓，桑田青青，“十亩之间兮，桑者闲闲兮。行与子还兮”——这是多么撩人的场景：

十亩桑田，铺陈如碧波荡漾。一群采桑女，背着采满桑叶的箩筐，打打闹闹，歌着唱着跳着舞着，相伴着归家。

这是顶适合排演一场大型采桑舞的。

到了汉时，有一个采桑女甫一出现，就艳照四方。那是一个名叫罗敷的姑娘。她提着竹笼，于陌上采桑，素朴动人的模样，引得众人围观。路过的使君一见她，立马掉了魂。

这也是顶适合编一支采桑曲，跳一支采桑舞的。

唐教坊兴盛起来后，这支舞曲，终于成形，名叫《杨下采桑》。现在我们可以看到采茶舞，却看不到采桑舞，想来那一定是青春着的、欢快着的、朝气蓬勃着的。

有词人从这支舞曲中，截取了一段填词，取名《采桑子》。因它的底调是明亮的，词人们最初填出的词，也多倾向于明媚的活泼的。比如，五代词人和凝作的一阕《采桑子》，就染着这样鲜活明丽的色彩：

蝤蛴领上诃梨子，绣带双垂。椒户闲时，竞学摴蒲赌荔枝。
丛头鞋子红编细，裙窣金丝。无事嚬眉，春思翻教阿母疑。

天真的少女，衣着鲜亮，裙带飘飘。她踩着一双系着红丝线的绣花鞋，在椒房里走来走去。时光真是漫长得有些无聊呢，她学着掷起骰子来，跟人赌荔枝。好似也没有什么忧愁啊，眉头却不知为何，微微皱起。惹得她的母亲不住看她，疑心她是动了春心。可爱的少女到底有没有动了春心呢？少女自己怕也不知。年少时的暗恋，是微风吹过花蕊，隐隐有些疼，却摸不着。

一代一代的词人，似乎都偏爱着“采桑子”，哼着唱着，带着它一路走下来。他们给它取了不少昵称，有称它“丑奴儿”的。有称它“罗敷媚”的。有称它“醉梦迷”的……

最偏爱“采桑子”的莫过于欧阳修。在晚年，他一口气填写了十三阕《采桑子》。当时，他客居颍州西湖，时常独自一人，在西湖边徜徉。清风明月，曲水鸣蛙，一个天地，仿佛都是他的。他觉得西湖送他的东西实在太多了，无以为报，便“翻旧阕之辞，写以新声之调。敢陈薄伎，聊佐清欢”。

我最喜其中的这一阕：

轻舟短棹西湖好，绿水逶迤。芳草长堤。隐隐笙歌处处随。
无风水面琉璃滑，不觉船移。微动涟漪。惊起沙禽掠岸飞。

芳草绕堤，绿水一路逶迤。笙歌处处，隐隐约约。水鸟忽然一掠而起，风不吹，云不走，天地是那样的久远绵长。坐在舟上的人，似乎什么都想了，又似乎什么都没想，人与景，彻底相融，物我两忘。

这样的清欢，我们一生中倘若能偶遇一次，也是莫大的幸福了。

鹊桥仙

乡下的孩子，最早认识的鸟，除了喜鹊，还是喜鹊。

它的嚷嚷声太大了。

尤其在冬天，物事皆静，天地冷清，它站在屋门前光秃秃的枝丫上，喳喳两声，枝头的阳光，立即被震落下不少。

幼小的孩子，都是先从声音认识世界的。他漆黑的眼珠，好奇地追着声音去，一旁的大人笑吟吟地告诉他，这是喜鹊在叫呀，喜鹊叫喜事到呢。

喜鹊就这么的，在孩子的心灵里扎下了根，对这种鸟的好感，也随之深深烙进孩子的血脉里了。这孩子成年后，当他的孩子也这么好奇地追着喜鹊的叫声时，他便很自然地柔声地告诉孩子，这是喜鹊在叫呀，喜鹊叫喜事到的。

人们对喜鹊，就是这样，一脉相承地无原则地宠溺着。虽然未见它做过什么好事情，虽然它天天在家门口叫着，家里也不曾发生过什么喜事儿，但人们对它的信任和好感，从未有过偏离。吸引人们的，或许是喜鹊表现出的那种无忧无虑，那种爽朗明亮吧。活着，是需要一种力量的。喜鹊的身上，有着这样的一种力量。

传说故事里，相亲相爱的牛郎和织女，被一条银河阻隔在两端，不得相见。善良的人们于心不忍，每年的七月初七，派遣喜鹊上天，在银河上搭好一座鹊桥，让两个可怜的人儿得以见上一面。我一直好奇着，为什么人们不派别的什么鸟去呢，燕子呀麻雀呀鹭鸶呀白鹤呀，都可以的，为什么偏偏挑了喜鹊呢？想来也是因为喜鹊的爽朗明亮吧，它有侠肝义胆，宽容大气。要不然，哪会有“鸠占鹊巢”的事发生呢！

这美妙的传说故事，自汉末以来，一直深受文人们的青睐，入诗入词甚多。到了北宋，欧阳修因感动于这个传说，提笔写下了一阕词：

月波清霁，烟容明淡，灵汉旧期还至。鹊迎桥路接天津，遇夹岸、星榆点缀。

云屏未卷，仙鸡催晓，肠断去年情味。多应天意不教长，恁恐把、欢娱容易。

他对牛郎和织女一年只能一度的相会，是意难平的。月光流转，晓雾弥漫，去年肠断的疼痛犹在，今年，却又要别离了。因中有“鹊迎桥路”“仙鸡催晓”，该词调便取名《鹊桥仙》。

随后，众多的文人为此词牌填过词，底调大多是惆怅的、哀婉的。有一个人却是个例外，明明也是一片凄凉，他却于凄凉之中，摇曳出一朵明艳的花。这个人，叫秦观。他写下的《鹊桥仙·纤云弄巧》，成千古绝唱：

纤云弄巧，飞星传恨，银汉迢迢暗度。金风玉露一相逢，便胜却人间无数。

柔情似水，佳期如梦，忍顾鹊桥归路。两情若是久长时，又岂在朝朝暮暮。

只要真心相爱，哪怕只是一夕相守，也是永恒。

水调歌头

隋炀帝在开凿大运河时，灵感乍现，居然自制了一支声韵悲切的曲子，唤作《水调》。他非常喜欢，命乐工时时演奏。在春水般流淌的乐曲声里，他的隋朝没了。他断没有想到，这支曲子后来会风靡整个大唐，又被之后的五代和大宋，传唱了二三百年。

在大唐诗人的笔下，时时可见“水调”的身影在晃。

比如，王昌龄作的《听流人水调子》。那是王昌龄在赴龙标贬所途中作的。这个时候，他五十开外了，一生辗转，有过荣宠加身，然意外的打击，却如风暴来袭。当时，有流浪艺人用古筝在弹唱这支曲子，一声声，铮铮如雨。他曾听过无数次的《水调》，有用笛子吹的，有用笙吹的，有用琴弹的，却没有哪一次的，像这一次的这样凄凉悲伤。同是天涯沦落人哪，万千思绪顿时涌上他的心头，他挥毫写下了一首七律诗：

孤舟微月对枫林，分付鸣筝与客心。
岭色千重万重雨，断弦收与泪痕深。

孤舟。微月。枫林。一筝幽幽，水调声起。断弦之下，眼中的泪，早已化作岭上千重万重的雨了。我想，曲子的悲音固然能打动诗人，但曲子本身所承载的往事，却更容易让他沦陷的吧。这支曲子或许伴过他的少年、他的青年、他的中年，如今再听，已是物是人非。

有无名氏作过三首《水调歌》，都是描写边疆将士们的生活的，中有“金鞍宝铰精神出，笛倚新翻水调歌”之句，说明就连奋战在沙场的将士们，也时时吟唱水调歌的。这个时候的水调歌，早已出现了一些新调，有了小曲大曲之分。小曲是单一的一支歌，大曲则是由多支乐曲组成，曲子涉猎很广。

中唐的白居易则写过“六么水调家家唱，白雪梅花处处吹”之句。由此可见，当时流行的曲调，除了《六么》之外，就是《水调》了。像白雪梅花般的，吹遍中唐的每个角落。

晚唐的罗隐，有一次在宴席上，听人吹起《水调》歌。那声音的绮丽婉转，余音袅袅，让他久久不能相忘。他写下一首《席上歌水调》记之：

余声宛宛拂庭梅，通济渠边去又回。
若使炀皇魂魄在，为君应合过江来。

到了宋代，文人们截取了《水调》大曲的首章，也就是开头，另倚新声填词，称之，《水调歌头》。好像有谁站在高高的河堤上，迎风而歌，心中郁结的痛啊苦的，全都发泄出来了，有点呐喊的意味。

我最喜苏东坡作的《水调歌头·明月几时有》。好，好得不得了。每一个字都带着情绪，饱满的，飞扬的。虽也有悲音，却不苦涩。虽也有惆怅，但又有着谅解、宽容和祝愿。

有时，我们的人生难免会遇到一些不如意的事，想想他说的："人有悲欢离合，月有阴晴圆缺，此事古难全。"也就释然了。世上哪有十全十美的事呢？有缺憾的人生，才是真实的人生。还是留下点祝福和希望吧，给自己，也给他人。是的，但愿人长久，千里共婵娟。

蝶恋花

“蝶恋花”这个词牌名叫得好，给人满园花簇簇的感觉。没有蝴蝶不恋花的。蝴蝶这辈子，或许就是为了花而来。

它的本名也叫得好，“鹊踏枝”。民间对喜鹊的热爱是根深蒂固着的。我曾在一出土的汉代陶罐上，见到上面绘制的喜鹊。诗经里也有“鹊之彊彊”之句，描写喜鹊翩翩飞翔的样子。

我小时的记忆，家里很多物件上，都有喜鹊的身影在晃动。我们睡的床，是我奶奶的陪嫁，床头雕镂着“喜鹊闹梅”的图案。我们盖的棉被，被面上，也印着“喜鹊闹梅”的图案。那些喜鹊，一律拖着长长的尾巴，站在缀满红梅花的枝头，半张着嘴巴，似乎要歌唱。我奶奶有只炒米坛子，专门用来装零食的，装炒米呀糖果呀什么的。那坛子颜色是浅黄色的，上面也印着“喜鹊闹梅”的图案，只不过，喜鹊是浅黄色的，梅枝和梅花也是浅黄色的。

我想，在唐之前，民间的乐调里，一定有一支甚至多支，是有关喜鹊的。到了大唐，成立了管理宫廷音乐的官署——教坊，有了专门负责采集音乐的乐官，他们把许多民间音乐收集而来，进行二次创作，成宫廷音乐。这支新的名叫《鹊踏枝》的曲子，也许就在这样的背景下诞生了。

有曲谱在，自然就有文人们踊跃来填词。最早的敦煌词中，就有无名氏作的两阕《鹊踏枝》，读来很有意思：

巨耐灵鹊多谩语，送喜何曾有凭据。几度飞来活捉取，锁上金笼休共语。

比拟好心来送喜，谁知锁我在金笼里。愿他征夫早归来，腾身却放我向青云里。

又：

独坐更深人寂寂，忆念家乡，路远关山隔。寒雁飞来无消息，教儿牵断心肠忆。

仰告三光珠泪滴，教他耶娘，甚处传书觅。自叹宿缘作他邦客，辜负尊亲虚劳力。

两阕词的作者，似乎是很随意地填写的，他也不大讲究韵调字数，反倒更显率性素朴，十分可爱。第一阕里的是个思妇，丈夫远征，久久未归。她等得心焦，埋怨起在门口天天报喜的喜鹊来，怨它说谎，把它捉住，关到笼子里。喜鹊觉得它好冤枉啊，它好心好意给她报喜，逗她开心，她却把它锁在笼子里不得自由。喜鹊暗地里祷告，老天啊，赶紧让她的征夫回来吧，好放我重回我的青天白云里。

第二阕里的是个游子。他独自身在异乡，家乡远隔在关山之外，长夜难熬，他想妈妈了，想得泪珠儿滚滚的。他哀叹着，命中注定我要永远地做异乡客了，妈妈把我养这么大，真真是白养了我一场啊。

写过金句“风乍起，吹皱一池春水”的五代南唐宰相冯延巳，前前后后填写了十多阕的《鹊踏枝》，因其中有“杨柳风轻，展尽黄金缕”之句，“鹊踏枝”又名“黄金缕”。

李煜填词时，也许基于当时的心境，故国飘零，家园难回，再多喜鹊喧闹，也难有欢喜心情。人生一世，虽明知辛苦多多，却还是要留恋，像蝴蝶恋花。这份执着，是命里注定，逃不脱的吧。他于是把“鹊踏枝”，易名为“蝶恋花”：

遥夜亭皋闲信步，乍过清明，渐觉伤春暮。数点雨声风约住，朦胧澹月云来去。

桃李依依春暗度，谁在秋千，笑里轻轻语。一片芳心千万绪，人间没个安排处。

春心还在，人间却再找不到可以寄托的地方了，这才是最可悲的。

李煜之后，《蝶恋花》的格律发生了一些演变，离《鹊踏枝》的本意越来越远。然佳作纷呈，如晏殊作的《蝶恋花》中有“昨夜西风凋碧树，独上高楼，望尽天涯路”之金句，柳永作的《蝶恋花》中有“衣带渐宽终不悔，为伊消得人憔悴”之金句，分别被王国维先生推崇为治学三境界中的第二、第三境界。

青玉案

青玉案居然是个小托盘，这太令我惊讶了。

当然，它不是个一般的托盘，它是用产自于南阳独山的青玉制作而成的。汉时，独山的青玉名扬天下，这种玉质地细润，色青若水。

我想，普通百姓怕是消费不起的。

但张衡不同，他是见过大世面的人，他定是见识过或用过青玉案的。作为东汉的大名人，他头上的头衔多得不得了，天文学家、数学家、发明家、地理学家、文学家——当然，那个时候的人们未必是这么称呼他的，他们唤他郎中，太史令，侍中，河间相，尚书。这样的张衡，是更容易忧国忧民的，是眼里容不得沙子的。当他看到东汉自汉顺帝执政后，渐渐的朝纲不振，天下凋敝，他忧愤不已，写下了一阕《四愁诗》以遣怀。在这阕七言诗里，他驰骋着漫天的想象，东西南北，上下求索，只为寻找邂逅心中的“美人”：

我所思兮在雁门。

欲往从之雪雰雰，侧身北望涕沾巾。

美人赠我锦绣段，何以报之青玉案。

路远莫致倚增叹，何为怀忧心烦惋。

这是《四愁诗》中的最后一章，一唱三叹，低回动人。它推动了七言诗的发展。也是因为这首诗，才有了后来的词牌名：青玉案。

到北宋，词人贺铸在给《青玉案》定调时，脑中怕是闪过张衡的《四愁诗》的吧。于是，九百多年前张衡的凄迷惋伤的情绪，漫溢过来，漫成了他笔下的梅子黄时雨：

凌波不过横塘路，但目送、芳尘去。锦瑟华年谁与度？月桥花院，琐窗朱户，只有春知处。

碧云冉冉蘅皋暮。彩笔新题断肠句。试问闲愁都几许？一川烟草，满城风絮，梅子黄时雨！

和张衡一样，他也展开了一场“单相思”，“美人”如花隔云端。却执着地守候，从朝，到暮。从春，到夏。

此词一出，迷倒了一大片读者，贺铸名声大振，时人送他“贺梅子”的称号。大家纷纷效仿他的韵调，而作《青玉案》。至金，和者仍不断。

渔家傲

它起初应该是一支渔民号子。

这样的号子我不陌生。小城临海，有小渔镇名弶港，那里世代居民，都以出海打鱼为生。他们在长期耕海牧鱼的生涯中，有了自己的渔家歌谣，比如《起重号子》《扯篷号子》《测水号子》等等。渔民们在作业时，一齐哼唱起来，声音浑厚热烈，旋律舒缓激昂，每个人的脸上，都荡着浪花一般的笑容，与海浪搏击时的艰辛苦痛都不计了，剩下的只有一腔深情相付。叫人笑着听，听着笑，听着听着，眼眶就湿了。

《渔家傲》也是脱胎于这样的民间音乐吧。它是从哪个渔民的口中，先哼出来的呢？他在斜风细雨里捕鱼，捞上风，也捞上雨。他在夕阳西下时捕鱼，江面上撒满了夕阳产的卵，他一网下去，捞起了无数个橘红的小星星。他在落雪的日子里垂钓，一人一舟，天地任逍遥。这个时候，他怎能不歌唱？那些音符，根本由不得他思索，就从他的胸腔里蹦了出来，如快乐的小鱼似的，脊背上，闪着鳞鳞的光。人生得失不由天，不由地，不由风，不由雨，而由他，真正是通透极了。

有说它最初是用于佛曲、道曲。这极有可能，大道本来在民间。

范仲淹镇守边关，防御西夏，漫漫长夜里，忽忆起这样的渔歌来，于是连作《渔家傲》乐歌数曲，并填词：

塞下秋来风景异，衡阳雁去无留意。四面边声连角起。千嶂里，长烟落日孤城闭。

浊酒一杯家万里，燕然未勒归无计。羌管悠悠霜满地。人不寐，将军白发征夫泪！

八百里的雄风，挟裹着秋天里的长烟落日、羌管悠悠，就这样，从边关，一路吹呀吹，吹进了中原，成了宋时文人们的新宠，诞生了数阕或婉约、或豪迈、或清丽、或悲慨风格多样的《渔家傲》。其中最典型的代表人物是欧阳修，他简直有些贪了，先是用此调作了十二阕鼓子词，以咏十二月之节序风物，唱时以鼓伴奏。又另作十多阕，或写景，或应歌，或酬赠。

晏殊也作了十来阕。我特别喜欢他填的这一阕：

画鼓声中昏又晓。时光只解催人老。求得浅欢风日好。齐揭调。

神仙一曲渔家傲。

绿水悠悠天杳杳。浮生岂得长年少。莫惜醉来开口笑。须信道。人间万事何时了。

好一个“神仙一曲渔家傲”！这才民间起来了，大道至简。浮生若梦，人间万事，无论浅欢，还是深醉，最终都化作绿水悠悠。

满庭芳

对这个词牌名，颇多争议。一说取自于柳宗元的诗《赠江华长老》，中有“偶地即安居，满庭芳草积”之句；一说采自吴融的诗句“满庭芳草易黄昏”；一说出自五代毛熙震作的《浣溪沙》一词，中有“满庭芳草绿萋萋”之句。

它还有不少别名：锁阳台、满庭霜、潇湘夜雨、满庭花等等。亦是各有其出处。

我倒以为，它或许就是一个人的无心之作呢！比如，晏几道的。

晏几道，这个早年像贾宝玉一样活着的官家少爷，家里没个花园花苑啥的是不大可能的。他的父亲晏殊就曾在自家花园漫步，感伤着满园花落，写下“小园香径独徘徊”的惆怅。晏几道成年后，虽说家道中落，但有几间草房，弄些篱笆围个小庭院，随便长点树木花草，比如长棵桂花树，长棵蜡梅树，再种点菊啊什么的，总还是可以的——骨子里对草木的亲近，是历代文人的“通病”。

于是乎，有那么一个睡意浅浅的深夜，晏几道被庭院里花草的芳香给撩拨醒了。他披衣坐起，嗅着如薄雾一般的花草的气息，再无眠意，往事一帧帧闪过脑际，那些年少的开怀，年少的芬芳，恋情是酒一样的醇厚啊。可惜，一切都如流水各西东了。他感慨不已，挥毫写下了一阕《满庭芳》：

南苑吹花，西楼题叶，故园欢事重重。凭栏秋思，闲记旧相逢。几处歌云梦雨，可怜便、汉水西东。别来久，浅情未有，锦字系征鸿。

年光还少味，开残槛菊，落尽溪桐。漫留得，尊前淡月西风。此恨谁堪共说，清愁付、绿酒杯中。佳期在，归时待把，香袖看啼红。

写完也就完了，心中的郁结，慢慢散开。满庭的芳香，跑到他的词里，这偶得来的写作快感，让他如同捡到珍宝。

——如果真是这样，那是再自在不过的事了。

此调已成，自有应和。你有满庭芳，我有满庭霜。你有满庭霜，我有满庭花。你有满庭花，我有香锁阳台。我有雨落潇湘。一样一样的。

临江仙

少年人是成不了“仙”的。

少年人坐不住呢。

少年人的世界里，要探究和尝试的事情太多了，整日里心思如飞花点点。忙。忙不过来的。

只有上了一定年纪的人，才老树般的沉寂下来，才有了沉思和冥想。世事再繁杂，左不过一个生，一个死，看开了，看透了，脸上云淡风轻了。他随便往哪儿一坐，哪儿便是江山永固的模样。如仙如佛了。

像江上独坐的白发老渔翁。

是柳宗元《江雪》中的那一个：

千山鸟飞绝，万径人踪灭。

孤舟蓑笠翁，独钓寒江雪。

那样的天空，那样的大地，苍茫茫没有一丝杂色和杂音，只一人一舟，于寥阔的雪白之中，闲闲地垂钓着。倘若彼时奏一曲《临江仙》，该多么合宜！

又或许，就因这仙翁似的一钓雪的老头儿，唐教坊里才多出一曲《临江仙》的小调。曲调该是脱俗的、清雅的、飘逸的。

敦煌词中有无名氏作的词，被按上《临江仙》的调名，只因其中有“岸阔临江底见沙”之句。这似乎有点牵强附会了。但整首词细细读下来，确能读出点省悟通透之感：

岸阔临江底见沙，东风吹柳向西斜。春光催绽后园花。莺啼燕语撩乱，争忍不思家。

每恨经年离别苦，等闲抛弃生涯。如今时世已参差。不如归去，归去也，沉醉卧烟霞。

春光大好啊，柳绿花红，莺歌燕舞。可惜的是，碌碌营营的人生，把这个人的大好光阴全给消耗掉了，一年一年的苦奔波，他得到的，只是离别苦。要是他真的就此看开了，能放手归去，醉卧烟霞，那他离仙道，也就不远了。

《红楼梦》里的薛宝钗，在和众姐妹一起题写柳絮诗时，她填的是一阕《临江仙》。柳絮本是轻薄无根之物，她偏把它说好了，写下了“好风凭借力，送我上青云”之句。这样的宝钗，有男儿气概。可惜的是，生错了时代。

最经典的一阕《临江仙》，莫过于明代杨慎作的：

滚滚长江东逝水，浪花淘尽英雄。是非成败转头空。青山依旧在，几度夕阳红。

白发渔樵江渚上，惯看秋月春风。一壶浊酒喜相逢。古今多少事，都付笑谈中。

你再折腾，到头来，不过是一场空，江水不会因你停留，青山不会因你苍老。那么，还是放下吧，且听一曲《临江仙》。

风入松

初秋，我书房外的一排紫薇，开得嚣张极了，红红白白紫紫的，比朝霞还要绚丽。风来。风入紫薇，吹弹下那些碎碎的红，碎碎的白，碎碎的紫，在地上铺一条颜色的小溪，美得惊心。我戏称这样的风，是紫薇风。我很想对它唱一支歌。

一千六百多年前，那个叫嵇康的人，是不是也如我这般，被一阵风迷住？他的屋子外，长的不是紫薇，而是松树。他看着初秋的风，入了松树，耳畔传来的是沙沙沙的声音，一波覆着一波，如急雨，又如涛音。这个时候，他也很想哼一支曲子了，于是便哼起来，随后用琴弦记下，取名《风入松》。

嵇康，魏晋名士，虽只活了短短的三十九年，却是那个时代神一样的存在。《晋书》上是这么记载他的："康早孤，有奇才，远迈不群。身长七尺八寸，美词气，有风仪，而土木形骸，不自藻饰，人以为龙章凤姿，天质自然。"也有人这么赞美他："肃肃如松下风，高而徐引。"如果简单地给他画个像，我想，他应该是这样的一个美男子：气度不凡。风采俊朗。才气纵横。放浪形骸。

他通晓音律，尤其擅长操琴。著名的音乐理论著作《琴赋》，就出自他手。他作的《风入松》的曲子，是怎样的悦耳动听，自是不消说的。

这支琴曲，之后传到唐。当时的诗僧皎然，特别欣赏此曲，并因此作了一首乐府诗《风入松歌》：

西岭松声落日秋，千枝万叶风飕飗。美人援琴弄成曲，写得松间声断续。声断续，清我魂，流波坏陵安足论。

美人夜坐月明里，含少商兮照清徵。风何凄兮飘飕，搅寒松兮又夜起。夜未央，曲何长，金徽更促声泱泱。何人此时不得意，意苦弦悲闻客堂。

美人指下，风入松林，梵音涛涛，清远绵绵。未尽的夜，未尽的琴音，唤起羁客多少的离愁别绪，这道不尽的月明风声啊。

到北宋，宴几道听到这支琴曲，兴起，为它谱了两阕词，取曲之名《风入松》。他感慨人生总是情深缘浅，别时容易聚时难，虽初心仍在，可眼前只有“两袖晓风花陌，一帘夜月兰堂”了。

一百多年后，南宋词人吴文英填过五阕《风入松》，每阕较之宴几道的，多出两个字，底调清丽婉约，深情纯雅。好似听到一阵一阵的风，吹出松涛之音。比如其中的这一阕：

听风听雨过清明。愁草瘗花铭。楼前绿暗分携路，一丝柳、一寸柔情。料峭春寒中酒，交加晓梦啼莺。

西园日日扫林亭。依旧赏新晴。黄蜂频扑秋千索，有当时、纤手香凝。惆怅双鸳不到，幽阶一夜苔生。

雨来，雨走，都是寂静。眼前熟悉的物事仍在，却少了一个曾经伴在身边的人。他的湘女，那个在一起待了十年的女子，盼不回了，他只能独自一人，对着幽静的台阶上，暗生的绿苔发呆痴语。

人世间最难耐的，不是不爱，而是爱过，又生生别离。

鹧鸪天

从前应该多鹧鸪的，从吴楚之地，到岭南。

虽说南人偶尔也打来吃，但那时人类还柔弱着，胃口也不大，至多是持根竹竿打打，或是挽个弓箭射射。能打下多少只来呢？沧海一粟而已。睡里梦里，还是满耳的鹧鸪啼，“行不得也哥哥”，“行不得也哥哥”，四面八方。那时，鸟兽的家园比人的家园要大得多。真好。

人与鸟兽共享着一片天空和大地，灵魂上，便有了条秘密通道，互相抵达，只各不自知。鹧鸪在啼唱的时候，人的情绪，常陷在它的啼唱里，辗转反侧，不能自已。似乎心的哪一块，被攥住了，攥得紧紧的。鹧鸪走进音乐和文字里，也便成了必然，也就有了诸如《山鹧鸪》《鹧鸪天》《瑞鹧鸪》等等的曲调和词牌。

乐府《山鹧鸪》的曲调，据说是模拟的鹧鸪的啼声，很是清婉哀怨。自唐以来，这类的曲调，突然流行起来，以至达到风靡的程度。李白就曾写过“客有桂阳至，能吟山鹧鸪”；白居易亦写过“酩酊歌《鹧鸪》，癫狂舞《鸲鹆》”。人们对鹧鸪的关注，空前高涨起来，诗人郑谷，还专门为鹧鸪做了一首诗：

暖戏烟芜锦翼齐，品流应得近山鸡。雨昏青草湖边过，花落黄陵庙里啼。

游子乍闻征袖湿，佳人才唱翠眉低。相呼相应湘江阔，苦竹丛深春日西。

湘江远阔，落日西沉，鹧鸪的声声悲啼，啼湿了多少灵魂？游子的，佳人的。这一首《鹧鸪》诗既出，立马走红，郑谷成了当时的大红人，被人称之"郑鹧鸪"。

同时代的，另一个姓郑的名唤郑嵎的诗人，写下诗句"春游鸡鹿塞，家在鹧鸪天"。虽当时不曾因之扬名，但到了北宋初年，有人从他的诗句里得到灵感，作新调《鹧鸪天》。

宰相夏竦听到这支新调，深有感触，当即填了一阕词：

镇日无心扫黛眉，临行愁见理征衣。尊前只恐伤郎意，阁泪汪汪不敢垂。

停宝马，捧瑶卮，相斟相劝忍分离？不如饮待奴先醉，图得不知郎去时。

叹，自古情深伤别离啊！这个姑娘，该强撑起几分精神，才把那欲垂落下来的泪珠儿，生生咽进肚子里去？

夏宰相之后，词人们纷纷拿了《鹧鸪天》来填词。比如柳永、晏几道、苏东坡、黄庭坚、辛弃疾、姜夔等人，题材也宽泛得很，有叙事的，有写景的，有感怀的，有写离情的，有言志的，不一而足。宋时的天空下，满满都是鹧鸪飞，很是热闹。

这其中，晏几道最是冒尖儿，他居然填了十九首之多的《鹧鸪天》，几乎写尽了花间与尊前情事。“从别后，忆相逢。几回魂梦与君同。今宵剩把银釭照，犹恐相逢是梦中”，这是晏几道的欢喜和温柔。虽有无数的别后相思苦，但终究，重逢了。南飞的鹧鸪，今夜不作悲声了吧。

破阵子

它原是一支军歌的一部分。

军歌的来头不小，是李世民在大败叛军刘武周后，亲自采用军中旧曲而作的新声。又令音乐家吕才协助加工，吸取了西域龟兹国的音乐元素。又命李百药、虞世南、褚亮、魏徵等才俊填唱新词，终成一支威武雄壮、又不失曼妙清扬的《破阵乐》。据说演奏时鼓声震天，气势雄浑，传声上百里。

李世民相当喜欢这支军歌。在他登基后，他又为它设计舞蹈，绘出乐舞图，让乐工们排练，时不时演上那么一场。北宋音乐理学家陈旸，在他的专著《乐书》里，记载了跳这支军歌舞时的盛况："舞用二千人，皆画衣甲，执旗旆。外藩镇春衣犒军设乐，亦舞此曲，兼马军引入场，尤壮观也。"单单瞧瞧这阵势，也叫人热血沸腾。

这支舞曲自然名声大震，辐射到日本、印度等国家，引起轰动。

宋时，这军歌还时时被演奏，舞蹈也偶尔会上演。因是大曲，词人们截取了其中一段填词，取名《破阵子》。又因此调是一唱十拍，故它还有个别名，《十拍子》。

定格是从晏殊起，晏殊先后填了五阕《破阵子》。当我读到其中一阕，是写春景的，我吃了一大惊，这是晏殊吗，是那个写"槛菊愁烟兰泣露”、又或是“梧桐叶上潇潇雨”的晏殊吗？

这阕词实在太可爱了，可爱得不像多愁善感的晏殊了。或许每个成人的内心，都住着一个小小的顽童，当时机对了，他就会跑出来嬉戏一通，人生这才多出许多的生趣来。

我手抄下这阕《破阵子》：

燕子来时新社，梨花落后清明。池上碧苔三四点，叶底黄鹂一两声。日长飞絮轻。

巧笑东邻女伴，采桑径里逢迎。疑怪昨宵春梦好，元是今朝斗草赢。笑从双脸生。

燕子。池塘。碧苔。叶底黄鹂。清风徐徐，柳絮纷飞。桑园的小径上，穿红着绿的采桑女，因斗草赢了，就高兴得不得了，如同夜里做了一场春梦似的，双颊上挂着的笑，掸也掸不掉。彼时，天空高远，大地清明，人事物事皆澄澈，光阴里，充盈着简单的快乐。

隔着近千年的岁月，我们仿佛还能听到那清纯的笑声，叮叮当当，如风抚风铃一般的，叫人听得如痴如醉。